中国名家精品书系

ZHONG GUO MING JIA JING PIN SHU XI

中国名家精品书系

康德华 著

梦回哨所

把爱交给青山，今生无怨无悔
把情留在铁道，忠诚永远不变

吉林出版集团股份有限公司　全国百佳图书出版单位

图书在版编目（CIP）数据

梦回哨所 / 康德华著 . -- 长春：吉林出版集团股份有限公司 , 2021.8（2024.3 重印）
ISBN 978-7-5731-0375-8

Ⅰ.①梦… Ⅱ.①康… Ⅲ.①散文－中国－当代 Ⅳ.① I267

中国版本图书馆 CIP 数据核字 (2021) 第 181205 号

梦回哨所
MENGHUI SHAOSUO

康德华 著

策　　划	曹　恒	责任编辑	息　望 / 黄　群
执行策划	祖　航	封面设计	贾　昕

开　本	710mm×1000mm　1/16	出版 / 发行	吉林出版集团股份有限公司
印　张	16	地　　址	吉林省长春市福祉大路 5788 号
字　数	100 千字	邮　　编	130000
版　次	2021 年 8 月第 1 版	邮　　箱	11915286@qq.com
印　次	2024 年 3 月第 4 次印刷	电　　话	0431-81629968

三河市同力彩印有限公司　　　　ISBN 978-7-5731-0375-8　　定价　69.80 元

版权所有　侵权必究

序 一

坚守的情怀　寂寞的担当

2016年秋天，我和康德华同志相识于长春市，那时他是武警吉林总队一名副营级干部。2017年，吉林省部分地区发生水灾，武警官兵迅速前往抢险，当时我与他共同编写了一篇相关报道登在《人民日报》上，由此知晓他肚子里有不少"墨水儿"，比较喜欢写文章，经常发表于《吉林日报》等处，可谓一名"文武双全"的军人。

康德华同志在部队服役18年，从哨所站岗干起，对当兵的经历满是怀念。2018年转业到地方工作后，当年的战友希望他延续"舞文弄墨"的习惯，将在部队兵哥们的故事写出来。于是，他反复回忆，认真书写，整理汇集成《梦回哨所》一书。这是一部承载着普通军人的美好追忆，处处渗透着青年军人部队生活和人生感悟的书。

人们谈及军旅生涯时，总会引入炮火纷飞的战争场面，而那背后的坚守和奉献，却鲜有提及。可正是那些背后的平凡与忠诚，护佑了百姓的和平生活，支撑和成就了我们国家的伟业和辉煌。

初读作者笔下的"哨所"，地处深山，远离硝烟。从岗位上讲，寂寞单调，没有跌宕惊险。但你却能体会到那"战风雪斗严寒，抗酷暑灭蚊虫"中孕育的中国军人的战斗精神；感受到那"不畏孤寂苦为乐，日月相伴保平安"中深藏的革命军人的乐观主义精神；领悟到那"舍小家顾大家，舍个人强集体"中彰显的新时期军人的时代担当。如今"哨所"已然不在，但那里体现和记载着官兵们对军人优秀品质的薪火传承。读着读着，你就感觉自己好像成了"哨所"的一员，随着驶来的列车而机警，随着士兵的难眠而焦躁，随着他们的"喊山"而宣泄……

作者用朴实无华的语言和平淡无奇的故事，讲述了一茬茬年轻官兵不负韶华、不辱使命的往事，诠释了"守土有责、坚忍不拔"的豪情，呼喊出无数曾在"孤独哨所"中坚守的军人的心声。翻开那一页页的纸张，恰似一缕缕清风，吹散了那一团团"烦躁"的迷雾，让你遇见最初的自己，重拾进取、笃定的本心。

我相信，该书的出版，能够让人们走近那屹立于深山中的哨所，体味那不同寻常的寂寞与苦涩，感悟那一茬茬哨所官兵的爱国奉献情怀，不断拓展自己人生新的征程。

2020年初冬·北京万寿路寓所

序 二

平凡的伟大

这是一部有血肉、有温度的军旅散文作品。五十个故事讲述了一群战斗在深山老林里的年轻军人笑中带泪、苦中有甜、失中有得的平凡而伟大的故事。无论是新中国成立初期的公安部队，还是沐浴改革春风重新组建的武警部队，一代又一代"铁道卫士"数十载如一日，视使命如生命，以"家国情怀系一身，披肝沥胆两昆仑"的担当，任劳任怨、兢兢业业、恪尽职守站岗放哨，默默地守卫着承载着时代变迁的两条铁轨和凝聚着和平安宁的隧道。虽无惊天动地、气壮山河之举，但却不负芳华，举手投足间涌动着青春的力量。

说出一个人名及地名，你可能会讶然一惊。那还是在八十多年以前，日寇铁蹄肆意践踏白山黑水的悲怆年月，抗日英雄杨靖宇率部多次袭击老爷岭隧道，给日本侵略者以惨痛的打击。密集的炮火将隧道炸得千疮百孔，几乎坍塌。抗联勇士之所以对隧道发起一轮又一轮猛攻，是因为那个时候的铁路、车站、隧道被日寇侵占着。日寇通过铁路将关东大地高耸入云的美人松、中国农民汗珠摔八瓣辛苦种植的黄灿灿的大豆和矿工拿命换来的乌金一般的煤炭，源源不断地运往贫瘠寡产的岛国日本。

近百年来，长图铁路和老爷岭隧道的地理位置、战略价值十分重要，自建成之日起，就是兵家必守之地。东北解放后，这条铁路回到了人民的怀抱，成为吉林省乃至东北地区国民经济建设的"生命线"，或者说是命脉。通过这条铁路向长白山运来了钢材、水泥、电脑、洗衣机等，将考入高等学府的年轻人一茬茬地送进送出。当然不忘返回时带上长白山的人参、鹿茸、木耳、猴头菇等山珍及珍珠般的大米，还有清冽甘甜的矿泉水……

这或许就是老爷岭铁路隧道哨所存在的价值和意义。所以，我们有理由得出结论，守护任务虽然平凡，但使命崇高、责任重大，其中蕴涵了非凡与伟大，如果没有源自内心的热爱和坚守，断然不会在"排解寂寞只能与白云对话"的环境中舍弃亲情、友情、爱情，不会一待就是几年、十几年，更不会在党和人民需要的时候献出年轻而又宝贵的生命。其实，伟大未必都要轰轰烈烈，许多普普通通的小人物都在做着非凡而伟大的工作——舍其不可的事业，比如这一群守护老爷岭铁路隧道的普通军人。

伟大意味着奉献，一心甘愿的付出。哨所的战士们长年累月居于深山老林，这里没有灯红酒绿的迪厅、没有美味飘香的餐厅、没有车水马龙的繁华街市……一切都那么寂静、单调，缺乏喧嚣与热烈。唯一热情的是夏季紧追不舍的蚊、虻，冬季号叫的寒风。战士们即使被偷袭到痛痒处、"大烟炮"击透了肌骨，警惕的双眼仍如经似纬时刻紧盯隧洞及闪亮的钢轨。哪有什么岁月静好，不过是有人替你负重前行——这些战士在为国家和人民负重前行。

当然，如今胆敢毁洞损轨的人已很少见了吧，不过，偷偷在铁轨间堆垒石头的人，偶尔也有。郭排长就遇到过这种险情，当他竭尽全力抱着巨石滚出轨道外，那个笑嘻嘻的精神病患者已扬长而去；还有那愣头愣脑的初生牛犊，从隧道洞口上方摔晕在铁轨之中，这类突发事件并不鲜见。一个又一个险情的排除，证明老爷岭铁路隧道哨所的官兵警惕性高、责任心强、素质过硬。

哨所的官兵，多为20岁左右的青年，生活环境为"抬头一片天，低头两条线；出门爬大山，四周无人烟；白天兵看兵，晚上兵看星"。常年袭扰守卫者的最大的"敌人"是来自精神层面的。困苦程度超过了城市兵的想象，这里甚至被贴上"此地不适宜人类居住"的"标签"。对于这些守卫老爷岭的"在蜜罐里长大的一代"来说，最欢乐的日子是能到县城洗上一次澡，顺便在往返的路上看看久违的人群，以及车窗外疾驰而过的万家灯火。

许多平常人习以为常的家庭生活，例如去医院陪护父母、接送孩子上学、与女友依偎于花前月下……这些，竟成为守护老爷岭隧道官兵的情感奢望。书中有若干篇章书写了因久居深山与女朋友分分合合的故事，读来令人感动。更令人意想不到的是，官兵排遣孤寂竟然采取的是最古老的对大自然示威的传统方式，对着孤山野岭放声狂吼之"喊山"。

《梦回哨所》全书散发着浓浓的军旅气息，见不到一句豪言壮志之语。看得出作者书写时心态平静如水，感人肺腑的故事是从笔端，确切地说是从心灵深处流淌而出的。《梦回哨所》的作者将深沉的笔触，用在这些极平凡的人物身上，这种非功利的写作，实在令人敬佩。

作者康德华曾是一名有着18年军龄的老兵，火热的军旅生涯是他写《梦回哨所》的动因之一。但更主要的动因应当是作为军人，他对战友这种吃苦奉献有同其他人不一样的深刻理解，在他看来，写出"铁道卫士"的家国情怀，是自己的一种责任与义务。

从《梦回哨所》中若干人物、诸多事情，以及长达数十年的时间跨度来看，作者是下了很大功夫的。他进行了细致的观察、体验和采访，因而才能有众多鲜活的人物与故事跃然纸上，令人手不释卷。

何为好文？我以为文学第一内核是真实。真实乃为文之魂。没有真实的人物与故事做基础，再高明的艺术手法及华丽辞藻，都不过是水中月、镜中花。

人是要有一种精神的。一个社会需要有更多甘于牺牲、自我奉献的人，才能不断发展进步。这是我们推崇英雄，特别是无名英雄、平凡英雄的主要原因，也是《梦回哨所》的价值所在。

"把爱交给青山，今生无怨无悔，把情留在铁道，忠诚永远不变……"感谢《梦回哨所》，让人们知道了曾经战斗在林海深处的一群平凡的普通人，在做着伟大的奉献。

李发锁
庚子年仲秋·长白山脚下

前 言

　　萌发写老爷岭哨所的念头很偶然。2018年春节，我携妻挈子回老家公主岭陪父母过年，在打扫卫生时，偶然间在柜缝里发现一张照片，掏出来一看，竟是九年前离开老爷岭哨所时与战士的合影。尽管照片在岁月的打磨下有些泛黄，但却勾起我对那段涩中带甜生活的回忆，令思绪插上翅膀，飞到那座建在密林深处的营盘。

　　或许是对隧道"恋"得太深，或许是对哨所"爱"得太浓，或许是对营盘"念"得太久，当回忆的闸门开启的一刹那，脑海中不停地播放着过往的画面，眼角竟莫名其妙地溢出泪水，情不自禁地说："想你了，老爷岭执勤点；并肩战斗的好兄弟，你们还好吗？"整个春节被老爷岭执勤点"搅"得索然无味。走也走不掉，回也回不去，只能梦回老爷岭哨所，心头不免滋生出些许莫名的惆怅。为了释怀这段汗水裹着欢笑、泪水浸泡着荣光的戎马往昔，我用手机把老照片拍下来，然后附上"军旅的战斗岗位很多，庆幸的是在老爷岭执勤点与战友一起守护铁路隧道"的留言，在新年的第一天"晒"到朋友圈，刷一下存在感。

令我意想不到的是，合影照刚"晒"到朋友圈，手机瞬间被噌噌上涨的留言、点赞、表情刷屏，用东北话形容——乌泱乌泱的，以至于不得不瞪大眼睛紧盯屏幕，生怕漏掉有价值的信息。与我在微信朋友圈互动的，多数是曾经在老爷岭执勤点战斗过的战友，大家虽然离开多年，有的早已告别军旅，但见到照片仿佛昨日就在眼前，瞬间触动情感泪腺。大家聊着聊着，不约而同地对我说："德华，咱老爷岭执勤点是英雄哨，可歌可泣的故事不能被岁月淹没，你在支队机关和三中队工作过，能不能把执勤点发生的事搜集整理编印成册，给军旅留一份回忆，也让更多的人认识这群曾在深山默默奉献的中国军人。"我毫不犹豫地应允下来。那一刻纠结的心豁然开朗，顿有拨开云雾见月明之感。

我最初的打算是写一组有代表性的文章，然后在自媒体推送出去，慰藉一下大家的胃口。哪承想随着"矿"越挖越深，干货越来越多，竟然搂不住闸刹不住车，三个月时间竟然写出50篇近11万字的书稿。而且是工作八小时以外边采访边写作，几乎天天熬到深夜，竟毫无睡意，第二天上班仍精力充沛，连我都被自己的执着所感动。战友读后更是"默默无语两眼泪"，打电话对我说不经意间把他们心头的激情之火再次点燃。

一路写来，不仅仅收获了温暖和感动，同时也是一次精神的沐浴和灵魂的洗礼，早已脱下军装站在新起点的我，仿佛又回到了老爷岭那片深情的土地，哨所那面火红的旗帜，又飘扬在眼前。体内曾经在冰天雪地澎湃燃烧的热血，也仿佛破空而来，点燃了我蓬勃的激情与斗志……

时光回溯到2008年初春。在老爷岭单独执勤点工作了五年的刘排长要调整到其他岗位，指导员找我谈话，问我是否愿意接替刘排长。当时，我刚结婚不久，父母身体都不好，此去老爷岭恐怕一时半会儿回不来，即便有事请假也是来也匆匆去也匆匆，远水解不了近渴。但我想都没想就说："我不怕苦、不怕累，我愿意去！"从连部到老爷岭执勤点相距100多千米，唯一的交通工具就是现在已经很少见的绿皮火车。绿皮火车每天一趟，见站就停，非常慢，战士们都叫它"大山里的公交车"。这慢得像公交车一样的绿皮火车，是战士们通往外面世界的开心列车。

  阳春三月，老爷岭还是白雪皑皑，极尽凄凉萧瑟。踌躇满志的我，心不禁凉了一半，难道这就是我心心念念的老爷岭吗？看不到人烟踪迹，手机没信号、收音机听不到节目、电视节目少得可怜，而这些兵为什么还说老爷岭是神仙岭？他们在欺骗我吗？

  我开始怀疑自己的选择，是否过于草率、鲁莽。在接下来的日子里，我便与守卫执勤点的十几个兵开始了漫长的执勤生活。一个老兵告诉我，执勤点有一句传了很多年的打油诗，"抬头一片天，低头两条线；出门爬大山，四周无人烟；白天兵看兵，晚上兵看星"。这里没有霓虹灯的闪烁，也没有车水马龙的繁华，唯一能见到的，就是每天一趟的绿皮火车和那一晃而过的陌生面孔。

  老爷岭的冬天特别长，每年有大半年时间都是冬天。天寒地冻、呵气成霜，但我和我的战友们都有一颗火热的心，因为我们是在为祖国保安全。哨所的那面火红的国旗，在凛冽的寒风中猎猎飘扬。

目　录

第一辑　　林海苍茫隐孤哨　　*1*

第二辑　　阳光驿站爱意浓　　*77*

第三辑　　青山绿水都是情　　*129*

第四辑　　铁打营盘英雄兵　　*161*

第一辑

林海苍茫隐孤哨

这是典型的林海孤哨——位于长白山脉老爷岭上的一个孤哨！苍茫山岭，群峰滴翠，千里长图（长春至图们）铁路线宛若一条长龙穿越其中，纵贯东西，它的经济地位、战略价值十分重要。因此，位于老爷岭的哨所虽小，但很重要；官兵不多，但使命神圣！就地理位置而言，老爷岭执勤点孤零零的，远离都市喧嚣与繁华，整个哨所充满了神秘感、孤独感与寂寞感……这里有难以想象的苦，但也有不可言说的欢乐与追求……

铁轨情思

绵长而闪亮的铁轨从远方逶迤而来，又朝远方蜿蜒而去……日复一日、年复一年地延绵着战士们火热的情怀与奉献的情思……就是这从狭长幽深的隧道延伸出来的铁轨，与站哨守护的武警战士邂逅出一段青春故事和关于寂寞的特殊生命体验，还有岁月作证的奉献与坚守。于是，披肝沥胆的热血儿郎，用青春挽起穿山越河的钢铁之臂，在与崇山峻岭结下不解之缘的同时，也演奏出一曲曲感动四季、感动岁月的至清至真的乐章。

老爷岭，也称"老爷岭山脉"，位于黑龙江省东南部和吉林省东北部，为长白山余脉，主峰1115米。这里山势雄伟，清奇秀丽，每逢阴雨，云雾缭绕。冬天白雪皑皑，寒风瑟瑟，而其他季节则是山清水秀、鸟语花香。此地曾是东北抗日联军抗日杀敌的战场，曾进行过一场场惊心动魄、荡气回肠的战斗。

老爷岭隧道就处在这支山脉的腹地，建于1926年，和一代代年轻战士相比较而言，确实称得上是"老爷"辈儿的了。这个隧道和松花江铁路大桥同时建成并使用。老爷岭隧道距离吉林市100多千米，距蛟河市13千米，长图铁路穿越于此，总长1.82千米，为长图线最长的隧道，洞西叫七道河，洞东叫老爷岭，中间隔着一站地，从山洞里步行通过，大约需要50分钟。

抬头一望，四周是树高林密的大山；低头一瞧，眼前是冰冷的铁轨。

驻守在这里的原武警吉林省总队某部某中队老爷岭执勤点有一首传了很多年的打油诗："抬头一片天，低头两条线；出门爬大山，四周无人烟；白天兵看兵，晚上兵看星。"这里没有霓虹灯闪烁，也没有车水马龙，唯一能见到的人，就是每天从哨位旁飞驰而过的绿皮火车窗内那一晃而过的陌生面孔。

自担负隧道守护任务以来，一茬茬官兵把静卧在崇山峻岭间的"两条线"作为使命战场，时刻枕戈待旦、闻鸡起舞，用青春捍卫使命，用忠实履行职责，用担当铸就军魂，让"军人"二字，在冰冷的铁轨中映照生命的光辉。执勤目标的绝对安全和万无一失，早就随着晶亮的铁轨延伸到生命的深处。

四周群山起伏，松涛阵阵，抬望眼，只有一眼望不到头的寂寞；冗长绵延的隧道，传递着神秘和深沉，但也隐隐有一种不可打破的压抑随之而来。很多初到这里的新兵，刚放下背包，情绪就产生了无法抑制的波动。这时候，山无言风无语，偶尔有婆娑树叶哗哗作响，更惹动战士的思乡之情。这时候，老兵来了，干部来了，骨干也来了……没有硬生生的大道理，只有实实在在的家常话，只有贴心贴肺的知己嗑儿……渐渐地，老爷岭就成了新战士们乐不思蜀的家，成了大家梦里都惦念的第二故乡。近乎与世隔绝的生活中，有着数不清的乐趣——当然，这都是跟干部和老兵学的：自得其乐。还有一个原因，就是使命光荣。这不是口号，而是一种自然而然的融入，是一种自动自觉的思想升华。也许十天半月，也许个把月，新战士就安心地扎在岗哨上，心甘情愿地成为老爷岭上的一道新风景。过一阵子，就成了被老爷岭的星星和月亮都熟识的老面孔了。时间再长一些，就更不得了，一茬又一茬的官兵，习惯了老爷岭的生活，最后竟然非常不情愿离开这里，甚至有的战士想放弃到大城市工作的机会，自得其乐地在深山中与汽笛声做伴、与铁轨为邻。

那晶亮而蜿蜒逶迤的铁轨，在战士看来，

竟然比繁华都市的车水马龙更有魅力；而单调的声声汽笛，在战士们听来，可能会胜过歌厅里的时尚旋律。因为，这铁轨、汽笛，连着他们青春的梦想和生命最佳的走向。

　　战士金美晨，入伍后被分到了老爷岭执勤点。用他的话说，"那时候我感觉都快崩溃了，有生以来从来没到过这么偏僻的地方。我当时想，这不是走进死胡同了，以后这三年怎么熬过去"。可就是这个小金，半年后，工作干得有声有色，被中队任命为副班长。服役满三年，面临退伍，小金的父亲在省城给他找了一份收入不菲的工作。可小金舍不得离开这个自己生活了三年的地方，经过一番激烈的思想斗争，毅然选择留下来。原因何在？小金说："虽然在这个偏僻不见人烟的地方当兵，意味着吃苦受累，但我从来没有后悔自己的选择。因为在这里，我感觉生活更加充实、人生更有意义。"

　　人生怎样才更有意义？战士小金知道，铁轨更知道。因为铁轨每时每刻都在倾听战士们的心声。

　　在三中队，副中队长、司务长和驾驶员小李，他们都是两出两进老爷岭执勤点的老同志。本来，他们已被调整到市区的中队部工作，但后来，三名老同志却舍不得离开守护多年的"两条线"，都申请调回了老爷岭执勤点。

　　士官小张经常腰腿疼，中队决定把他调到中队部工作，但他迟迟不肯离开老爷岭执勤点。他对排长说："排长，腰腿就是再疼我也能挺住，请您和中队领导再说说，我真的不想离开这里啊，不想离开好战友。每一次看到列车安全顺利通过，我的心中就多了一份自豪。"排长说："你还是先去吧，把病养好是首要任务。"小张在临走时，拉着排长的手激动地说："等病好了，我一定还回来，还来和大家一起守隧道。"

在执勤点，官兵们都有着一个共同的心愿，就是复员或者休假时，一定要坐一坐经过隧道的列车，向并肩守护的战友致敬。

有奋斗就会有牺牲，有危难就会有忠诚。在远离市区的大山深处，执勤点的官兵为了一份共同的事业、一份共同的责任走到了一起，他们在寂寞中守望，在单调中守护，在奉献中传承，将忠诚顺着两条平行的铁轨伸向远方。

正如官兵在黑板报上写的那样：我们日夜执勤，为的是历尽忠诚之责；四季守候，为的是隧道安全通畅，我们没有理由索取，却应当时刻奉献。我们绝对不会闭上双眼，隧道是我们奉献青春的阵地，坚固的隧道口是我们展示才华的舞台。在这里奉献，我们一生不悔。

在这阴暗潮湿的哨楼中，没有网络、没有任何娱乐设施，只有朝夕相处的战友。战士小毛开玩笑地说道："战士们每天只能见到这十几个人，来半个月就能把所有的人记得一清二楚，剩下的就是'你瞅我，我瞅你'，眼睛都瞅直喽！"

玩味幽默的话语，将官兵孤寂的日常生活展现得淋漓尽致。

如果要问，军人的忠诚在哪个瞬间最能体现出来，官兵会这样说："忠诚，就是站好每一班岗，做好每一件事，完成每一项任务，守护好'两条线'！这就是我们所理解的忠诚。"

望不到尽头的铁轨是官兵日夜的牵挂，6米多高的洞口是官兵警惕的聚焦。每天多列火车进进出出，官兵便把对"宁可让生命透支，决不让使命欠账"的认知融入那长鸣的汽笛声中，沿着两条坚定的轨迹，向远方延伸。

深山营盘有魔力

朋友，如果让你在"零下30多摄氏度的低温，齐腰深的积雪，半年见不到新面孔，每天围着哨所、宿舍、食堂转"的封闭环境里生活，你会觉得怎样？一天两天也许还能忍受，或许还会有几分新鲜感，但如果一年四季365天日日如此，估计很多人会无法忍受，甚至可能会想要逃离。

然而，老爷岭执勤点的官兵们，无论见惯不惊的老兵，还是稚气未脱的新兵，都在这里安之若素、习以为常了。这个大山深处的称不上营盘的营盘，有着特殊的魔力，让人来了，就舍不得走。

老爷岭村，因地处老爷岭山脉而得名。民间传说，是先有老爷岭庙，后有老爷岭山名、村名、车站名。清光绪十年

（1884年）已有少量住户在此地零散居住。1936年建村，取名为老爷岭村。

1928年10月老爷岭隧道建设全部完工，火车站相继建成，吉林到敦化铁路全线通车。从此，无论是老爷岭站还是老爷岭村，都被称为"老爷岭"。

老爷岭执勤点的十几个战士，就生活在这里，不是两三个月，而是两三年，多的则是七八年。他们一旦走进深山，踏上哨位，就像钉子铆在岗位上，纹丝不动，没有一个人因为忍受不了艰苦而主动离开哨所或提前退伍，而是一次次执着地选择了留队，选择了坚守，选择了一辈子忘不了的老爷岭。

算起来，家境殷实的刘军排长曾先后三次到老爷岭执勤点工作。用他的话说："躺在执勤点的床上，睡觉都感到踏实，没有火车路过时的振动，总感觉缺点啥。轰隆隆的火车声，反倒成了最好的催眠曲。"

新兵下队时，父母怕他体格弱吃不消，便托人找到支队领导，想把他留在机关警通中队。他不但不领情，反而和父母闹起了情绪，他在信中说："爸爸妈妈，如果你们爱我，就不要干涉我成长。老爷岭执勤点是磨砺我人生的首选之地，去了那儿我可能变瘦、变黑，甚至流汗、流血，但整个人也会大变样，勇敢取代懦弱，包容取代自私，真诚取代虚伪，孰轻孰重，还望三思！"父母拗不过他，同意他去老爷岭执勤点，不过有言在先，受不了、挺不住就提前打招呼，爸妈不会看笑话。

到了执勤点，刘军不但没有"水土不服"，还如同鱼儿见了水，一个猛子扎进官兵中间，在水里翻腾遨游，年底还被中队推荐到教导队参加预提士官集训。

义务兵服役期满时，父母写信劝他复员回家，说给他找好了工作，并备好了车和房，很多年轻人羡慕的滋润生活在向他频频招手，极具诱惑力。可是刘军没有动心，几年的军旅生涯，尤其在老爷岭上的坚守，大山深处这个营盘的锤炼，让他知道了自己到底需要什么样的生活，自己应该选择怎样的人生才会更有意义。于是，在给父母的信中，刘军发自内心地写道："如果把享受当作人生乐趣，那就失去了前行的动力，当某一天发现自己只剩下空壳时，过往的享受就会变本加厉地惩罚自己，会很痛苦。如果把付出当作人生的快乐，即便遇到陡坡也会奋力攀登，当某一天自己只剩下梦想和激情时，过往的辛酸就会加倍回报自己，会很幸福。我的想法很简单，就是趁现在年轻多做些有意义的事，如考军校，其他事情以后再谈。"这不是写给组织、写给报刊的决心书，而是一封实实在在的家书，真实地表达了一个青年军人的内心。刘军父母读完儿子的信，心里很是心疼，毕竟老爷岭的艰苦程度，他们是可以想得出来的；但读完来自老爷岭的信，更多的是欣慰，孩子长大了，有了思考与追求，以自己的选择融入了社会、融入了时代，并积极为时代的进步而体现着自己的青春价值。这是所有父母对孩子最大的期望啊！

老爷岭给了刘军一个崭新的人生，也给了他父母一个大大的惊喜。

留队后，刘军继续战斗在老爷岭执勤点，虽然转上士官，当上班长成为老兵，但在他的身上见不到一丝一毫的松懈，甚至比以往要求更严、标准更高。他的想法很简单：利用两到三年时间，把老爷岭执勤点打造成全支队的样板。

军校毕业分配时，父母又打电话让他留在城里，说成家立业后可以照顾老婆孩子。刘军却不赞同父母的观点，主动申请到老爷岭执勤点建功立业。他在电话中说："如果大家都想留在城里，过着朝九晚五的舒服日子，国家谁来守卫，和平谁来守护。军人自有军人的情和爱，守卫好国家，小家才会幸福美满。老爷岭执勤点是我成长的摇篮，我要回到她的怀抱，带领战士坚守哨位，为钢铁大动脉的安全畅通贡献满腔赤诚。"

已是排长的刘军不是脑门一热、一时冲动，他写下去老爷岭执勤点建功立业的申请书，是经过了深思熟虑的。四年的时光一晃而过。一次，他跟事业已小有成就的高中同窗通电话。对方问他每天干什么，他笑笑简略言之。同窗很惊讶，直问那么苦、那么小的地方，守得有意义吗？同学还一个劲儿地劝他转业回来跟着自己干。刘排长回答说："老爷岭执勤点虽小，但她是祖国母亲身上的'细胞'，为母亲的细胞站岗，我感觉很光荣很高兴。老爷岭上虽然苦，但是苦得充实、苦得有意义。"

执勤点虽然清苦寂寞，但只要发动脑筋，处处都是快乐。老爷岭上的官兵都说，哪有什么枯燥和无聊，都是无能者的自寻烦恼。心里装满了欢乐，寂寞就无法乘虚而入了。老爷岭上的每一天都过得充实丰富，人人是"乐天派"，老爷岭才能真正热闹起来，成为军营乐土、青春乐园。篮球场虽小，且只有半个，但这也无妨啊，每天一对一可以打一场；闲暇时，几个战士一凑合，甩上几圈"老K"，也无伤大雅；都说不想当元帅的士兵不是好士兵，那就在自制的象棋盘上，车来马往杀上几个回合，虽然没有硝烟，依然让人惊心动魄；月亮升起来，歌声飞起来——战士们围成一圈，弹起吉他，唱上几首抒情歌曲，一天的疲劳便一扫而光；为提高军事素质和业务技能，战士们特意开辟出一块训练场地，每天利用早晚时间，进行队列、擒敌、体能等训练。原来走路都上喘的体弱战士，个个都练成了小老虎，跑个十几千米轻松加愉快。

那些军营"小秀才"们，也给自己制订了几个硬指标：每天读一篇好文章，写一篇心得体会，讲一个革命故事，每月给家里写封家书。

当然，还有更浪漫的事呢！

大家都知道，亭亭玉立的白桦树，象征着爱情，缠绵着诗情。老爷岭上的白桦林，那一年就吸引了上等兵段小文的目光。他跑到林子里捡了好多白桦树皮，然后在上面不停地写呀写，战友都不知道他在写什么，他写完以后就藏起来，装了满满的一大口袋。

后来战友才知道，他是在用树皮写情书。不久，他请假到市里，到邮局往家里寄了一大包桦树皮。那兴奋劲儿无法形容。据他讲，他心爱的姑娘收到这一大包的"特殊"情书时，感动得泪雨纷飞，很快就确立了恋爱关系。

看看，老爷岭上立功的不仅仅是钢铁卫士们，还有那浪漫的白桦树呢！

哨所飞来小白鸽

老爷岭执勤点远离中队，有点天高皇帝远的意味，但纪律却无比严明。根本无须人督促，起床、操课、开饭、执勤巡逻、三个半小时等一日生活制度，一丝一毫都不马虎。

受场地和人员限制，执勤点玩不了足球、排球，稍一用力，球便会飞出营区落进铁道里，官兵只能"望球兴叹"。为排解寂寞，官兵时常望着过往的火车发呆。为了让战士们摆脱单调生活、艰苦环境带来的束缚，上级决定在老爷岭执勤点开展富有军营特色的文化活动，用青春的欢歌笑语打破山林寂寞。三中队指导员侯长伟在动员会上说的那句话令官兵精神抖擞："战友们，等靠要改变不了面貌，换不来笑声，那就用我们勤劳的双手和汗水赶走寂寞吧！"

口号唤醒山野，热血激荡青春。

于是，在2001年那个冰雪消融的春天，战士们放弃休息，顶着刺骨寒风手抬肩扛，挖山运石，仅用半个月时间就在营区建起了一个多功能球场，还垒起了花坛，栽上了树墙，修建了凉亭，铺设了石板路。探亲的战士，还从家乡带来了美人蕉、映山红……

为把执勤点建设成催人奋进的"励志园"，官兵通过栽"扎根林"、雕"忠诚石"，营造出奉献深山、热爱军营、建功军旅的创先争优氛围。同时，建立了学习室、图书阅览室，配备了投影仪、电脑、彩电、DVD、功放等文体器材，并成立了"铁道卫士小乐队"和各种球队。

此外，在营区的醒目位置设立灯箱标语、文化长廊、艺术雕塑，让官兵在潜移默化中处处受熏陶、时时受激励。同时，开辟了学习、交流、读书区，大力打造"哨所文化""忠诚文化""生态文化"等独具特色的文化品牌，使林海间的警营变成"文化绿洲"。

夜幕低垂，随着舒缓的乐曲在营区响起，官兵仿佛置身于文化的殿堂，竖在草坪上写有"今天多读书，明天多受益"等字句的提示牌，蕴含着巨大的精神动力，催人奋进；刻有名言警句、诗词歌赋的文化石，在多彩地灯的辉映下，把"直线加方块"的警营装点得儒雅而不失灵动，庄重却充满激情；喷绘在灯箱上的训练标兵图片，犹如冲锋的号角，令人热血沸腾……

一天，不知从哪里飞来了一对小白鸽，战士们将它们迎进哨所，精心喂养。几个月后，鸽子从一对变成了一群。晨风中，伴随着起床的号声，洁白的鸽群围着执勤点营区飞翔，与地面上整齐的队列遥相呼应。

每天站岗训练、执勤检查，看似枯燥的生活，战士们却过得有滋有味、有声有色。一到周末，战士们就带着笛子、口琴、吉他在山沟里拉歌、演奏、跳舞。会写诗的战士即兴吟诵，会摄影、绘画的战士更是精心地把一个个美好的一瞬摄入镜头、描上画板……

战士小商文化水平不高，一篇心得体会有三分之二是错字。大学生士兵小邓对他说："从今天开始，我就是你的辅导老师，从现在开始，你的文化我做主。"就这样，小邓从教小商学拼音、查字典入手，手把手地教他学习汉字，还给他出题，定期考试。半年下来，小商的错别字明显减少，认识的汉字也越来越多。后来，在支队举办的"我与哨所"征文中，小商的作品还获得了二等奖。

战士们开荒垦地，种上辣椒、茄子、豆角、黄瓜等蔬菜，木须柿子、酱焖豆角、清炒苦瓜等青菜被端上战士餐桌。同时，他们还饲养了猪、羊、鸡、鸭、鹅、兔等家畜、家禽，一到节假日就犒劳一顿，杀鸡宰羊庆祝。

  荒凉的执勤点，变成了一个愉悦身心的精神乐园和春花簇拥、夏绿成荫、秋天飘香、冬青傲雪的生态园，如磁石一般牢牢地将官兵吸住。

  离开执勤点的官兵，闲暇时都会回到山沟沟，看一看曾经战斗的哨所，瞧一瞧曾经装扮的"家"，思一思曾经的"小确幸"……他们想念这个大山深处的"快乐家园"，也思念那从远处飞来的小白鸽。

"精神坐标"岭上立

"老爷岭综合征"是老爷岭的特产,有的是调整生物钟留下的,有的是与艰苦环境抗争留下的……不管是精神上的还是肉体上的印记,都是让官兵无怨无悔,且充满自豪的。这是老爷岭送给我们的独特"礼物",是一辈子都不能舍弃和忘记的,值得一生珍存。

关节炎、风湿病是"老爷岭综合征"之一。老爷岭执勤点营房建在半山坡,湿气特别重,夏天战士身上的衣服被潮气浸透,湿漉漉地粘在身上十分不舒服,冬天即便24小时供暖,战士也感觉空气阴冷,手脚冰凉。一些战士来到执勤点之后,长期生活在湿度大、温度低的环境,不同程度地患上了关节炎和风湿病,每逢阴雨天就钻心地疼。

士官董风在老爷岭执勤点当班长五年，长年累月生活在恶劣的环境中，落下了痛风的毛病，经常出现寒战、头痛、心悸和恶心等症状，深夜经常因急剧的关节痛而惊醒。回家探亲时，父母担心他吃不消，心疼地劝他说："为国站岗尽忠是好事，我们鼎力支持，但也要量力而行，撑不住就复员回家，身体是最大的本钱。"他宽慰父母："你们不用担心，这点痛算不得什么，我能战胜，身体不会有问题！"中队几次想调整他下山，他却摆摆手说："我还年轻，挺得住。"后来战士得知，其实，董风是不想带着"败名"离开执勤点。他想要战胜恶劣的环境给自己带来的痛苦，这是一种坚守，更是一种挑战——一种对自己的挑战。

见到火车"打立正"是"老爷岭综合征"之二。一个小小的岗亭，一个如雕塑般笔直的身躯，似标枪一样挺立。一天三班倒，24小时坚守在这里，一刻都不放松。再大的风雪、再强的烈日都少不了战士坚守的身影。每当有列车经过，战士都会向列车敬礼。有些旅客可能都不会注意到他们，而注意到他们的旅客，坐在踏实而平稳的车厢内，看到车窗外挺立的军姿，除了对战士油然而生的敬佩之心外，心里也会感觉暖暖的。

是啊，一身橄榄绿、一双白手套，隧道兵给无数旅客送去温暖，也把责任使命深植于心。即便卸下戎装回归故里，向火车敬礼的习惯也始终没变。

战士徐长明复员后，到一家私企工作，虽然工作很累，但他兢兢业业，一丝不苟，任劳任怨，受到老板赏识。一次，他陪老板去见客户，开车路过铁道口时，碰巧驶过一列客车，小徐当即下车，朝着疾驰而过的火车以非常庄重的神情敬了一个极为标准的军礼。令小徐意想不到的是，不久之后老板突然把他提拔为管理层，并在宣布任命的大会上说："从他的身上我看到了什么是家国情怀，任务交给他，我一百个放心！"

在亲人看来，军旅生活带给官兵的是令人心疼的伤病和疤痕。但在老爷岭的官兵看来，军旅生活，尤其是战斗在老爷岭的日子，收获的则是吃苦精神、勇敢精神，最终能把自己锻造成一块好钢。

一朝从军行，终身为行伍。

不管你是谁，也不管你来自江南还是塞北，更不管你操着南腔还是北调，只要你在老爷岭执勤点生活过，岁月便会在你身上留下独特的印记。这种印记，某种意义上说，是一种情怀，让人梦绕魂牵终生无法忘怀；也可以说是一种挑战，是检验勇气的试金石，是磨砺意志的磨刀石，是青春梦想的奠基石；当然，这种印记更是一种付出，一种奉献，一种不求回报、奋力前行的精神。与其说是"老爷岭综合征"，莫不如说是一代代官兵用青春与奉献筑就的"精神坐标"，高高屹立在老爷岭，也屹立在一代代老爷岭哨所官兵们的心中。

我的哨位请放心

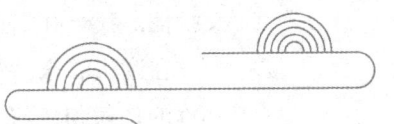

"眼前一片天，出门就是山；见山不见日，人烟更难觅"是执勤点的真实写照。可就在这样近乎与世隔绝的环境里，"隧道卫士"毫无怨言、矢志坚守、忠诚使命。

据上了年纪的老兵回忆，执行隧道守护勤务之初，因条件有限，官兵住的是阴暗潮湿、密不透风、空间十分小的铁路工棚；喝的是从山下挑上来的苦中带咸、咸中有涩、涩里藏酸的沟塘水；行的是崎岖硌脚的山路，毒蛇猛兽时常袭击；睡的是稻草垫子，潮湿冰冷，身上要裹两床被子，才觉得暖和；用的生活物品，全靠官兵手抬肩扛步行往返十余里山路拿到山上；过冬吃的基本就是白菜、土豆、萝卜、洋葱"四大名菜"，因为这些蔬菜易于储存，其他入冬前储备的新鲜蔬菜不到两个月就烂掉；缺少训练器材，战士在两树之间绑上木棍，"单杠"练得虎虎生风。执勤点流传一句顺口溜："要想根扎老爷岭，必须心怀壮士情；就算过了苦累关，还需思想意志坚。"

"哨所再小，也要有人守；山区再苦，也要有人住。跟战斗在边关的解放军战士比，我们吃这点苦不算什么。"执勤点官兵换了一茬又一茬，始终如坚固的道钉牢牢铆在哨位上。

设哨之初，战士在木制的岗楼执勤，夏天蚊虫轮番攻击，一班哨下来，被叮得全身是包，奇痒无比。冬天四处透风钻雪，战士衣帽上积雪成冰，脸被冷风吹得通红，鼻涕冻成了冰碴，手脚也被冻伤。有的哨兵在严冬的深夜因紧握钢枪，结果手与枪粘到了一起。

为调动战士建功深山老岭的积极性，闲暇时，中队干部、执勤点排长和老兵把战士召集到一起，介绍老爷岭铁路隧道建设史，讲解一代代守护官兵"居山沟不恋城市好风光，守隧道乐在警营度日月"的"老爷岭"精神，告诉大家他们日夜守护的是吉林省第一长铁路隧道，何等光荣。干部骨干指着铁路上的钢钉说："咱们就像这一颗颗钢钉一样，钉着这条'钢铁长龙'，不管是刮风下雨还是酷暑寒冬，永不松动。"

除了耳濡，还有目染。战士看到，干部舍弃城市的优裕生活，与他们一起在山沟里摸爬滚打；刚毕业的排长把青春挥洒在深山林海；

老兵无暇顾及个人问题熬成大龄青年。战士心灵受到强烈的震撼，喊出"我的哨位请放心"的铮铮誓言。

新兵潘小路家境优越，讲究吃穿，从来不知道什么叫吃苦，也不知道什么是勤俭节约，遇到针鼻儿大的挫折，不是哭鼻子，就是打退堂鼓。班长批评他，小潘振振有词地说："我是含着金钥匙出生的，对我而言，这道理，那道理，都不如兜里有钱这个道理硬。"

新训结束后，他被分到老爷岭执勤点。面对苦中带酸的军营生活，小潘认为当兵这条路选错了，纯是没事给自己找罪受，在这地方待三年，不死也得扒层皮。为达到调走的目的，小潘先是写信给父母施压，见父母既不回信也不来看他，又生一计，不是今天不出操，就是明天压床板，再不后天装有病，整个人处于萎靡不振的状态。排长找他谈心，小潘无精打采地说："我既不想立功，也不想提干，更不怕背处分，爱咋咋地！"

一次，潘小路与老兵周大猛一起站哨。他不经意间看到周大猛穿的军装缀着补丁，私下对战友说："老周也太寒酸了，一套军装值几个钱，这要是让外人看见了，还不得笑掉大牙。"

战友对他说："你可别小看了老周，他可是咱执勤点的传奇人物。论家境谁也比不了，父母经商做大买卖；论贡献任何人无法超越，在执勤点一待就是五年。他身上穿着带着补丁的旧军装，看上去虽有些'寒酸'，却不'掉价'，是合格的'隧道卫士'标配，你应该向周老兵学习。"

战友的一席话令潘小路心头一颤："同样是来自富裕家庭的士兵，人家能干得风生水起，我也不能逊色，也要成为一名令人称赞的、光荣的'隧道卫士'。"

从那以后，晨曦中，潘小路林内五千米奔袭的脚步声惊飞林鸟；寒夜中，分解枪械的碰撞声划破静寂；假日里，熟记军事术语的诵读声引来观望。半年下来，潘小路原本崭新的军装也渐渐泛白缀满补丁。经过努力，他刷新了中队体能纪录、创下了支队器械纪录，并在装备维修上小有名气。这时，他才意识到为什么很多战士的军装都是"绿泛白"了，那件"鱼肚白"里不仅仅是时光的洗涤，更多的是忠诚与使命的凝结。

日复一日，年复一年，对于执勤点的官兵来说，时代可以变，环境可以变，"隧道卫士"的忠诚和执着却不可以变。这种忠诚和执着化为巡逻时的高度警惕、站岗时的挺拔身姿、完成任务时的不遗余力……他们是林海深处一道未经雕琢的最美风景，如太阳一样，把自己的光和热洒在这片热土上。

练不好"睡功"非好汉

在老爷岭单独执勤点,无论是老兵还是新兵,人人都具备一项特殊技能,这就是抗干扰睡眠。那么,啥是抗干扰睡眠?其实就是不管屋外打雷还是刮风,哪怕是锣鼓喧天扭大秧歌,只要熄灯号一响,战士躺在床上便可进入梦乡。若不是夜里起来站岗,一浪高过一浪的鼾声能响到天亮。

有人可能会问,战士们生活战斗在万籁寂静的深山老林里,除了百鸟和鸣,哪有噪声扰梦,置身这么优美和谐的环境,谁都能闭上眼睛进入梦乡,把睡觉当功夫练,纯是没事闲的,吃饱撑的。说一千道一万,这与老爷岭执勤点所担负的任务息息相关,火车从营门前隆隆驶过发出刺耳的噪声,影响战士夜间休息,确切地说是折磨得战士差一点精神崩溃的"罪魁祸首"。

一年春节,当兵三年未回家的士官魏小林休假回去与家人团聚。按常理讲,一路旅途奔波应该很疲劳,尤其是在"安静得一根针掉在地上都听得见"的环境里,躺在床上便可呼呼大睡。然而,令小魏颇感吃惊的是,自己尽管困得哈欠连天,上眼皮跟下眼皮直打架,可怎么也睡不着,脑海中不停地回放火车疾驰而行的画面,凌晨两点仍无睡意。躺在床上实在睡不着,小魏跑到客厅打开电视看节目,惊醒了隔壁熟睡的父母。

父母赶紧起床来到客厅,心疼地问:"儿子,你是有心事还是身体不舒服?"

小魏说:"我既没心事,身体也没闹毛病,一切正常!"

父母问:"儿子,那你睡觉怎么不安实,这样下去对身体不好,要不咱们去医院瞧瞧?"

小魏说:"爸妈,没事的,我听老兵说,在嘈杂的老爷岭执勤点工作久了,容易患上安静失眠症,我估摸是脑神经不适应家里环境,开始'闹情绪',这个病好治,您二老先回房休息,天亮了我告诉您治疗办法。"父母半信半疑回到房中。

早晨,小魏对父母说:"爸妈,把录音机找出来,我到铁路边录一下火车奔跑发出的声响。"

父母吃惊地问:"儿子,你这是作甚?难道听了火车声,就能治好失眠症?"

小魏说:"对,听了火车响,睡觉贼拉香。"

父母给小魏找来录音机,并陪着他到铁道边录了音。

当天晚上睡觉时,小魏打开收音机,听着熟悉的"隆隆"声,很快睡意袭来,片刻工夫便鼾声如雷,进入梦乡。结果休假二十天，录音机天天陪着小魏入眠。

　　有年春天，当地电视台的记者到老爷岭执勤点采访。记者见此地溪水潺潺，松涛阵阵，别有一番景色，决定住一晚上，近距离体验一下"铁道卫士"的生活。起初，战士不同意，劝他说："此地非休息之所，不仅床铺紧张，一个萝卜顶一个坑，且容易患上失眠症，晚上睡不着，白天没精神，建议到当地的老百姓家里借宿。"记者上了倔劲儿，非要在执勤点睡一晚上，没地方住就打地铺睡。没办法，战士只好两人睡一张床，给记者腾出个床位。不过有言在先，一旦睡不着睁着眼睛也得挺到天亮，深更半夜的可没地方去。

　　夜色渐渐地暗下来，喧嚣的执勤点恢复了宁静，偶尔几声蛙鸣和犬吠，为苍茫的夜色增添了几丝灵动气息。21时，忙碌和劳累了一天的战士钻进被窝，片刻工夫，宿舍内便传来曲调不一的鼾声协奏曲。记者躺在铺上，并没感到有特别之处，加之奔波了一天，顿感睡意袭来。然而，他刚闭上眼睛，耳边就响起由远及近疾驰而来的火车发出的"隆隆"声，搅得神绪不宁。最初，记者觉得新鲜，想把它作为催眠曲，饶有兴趣地听下去。哪承想"催眠曲"很快就变了调儿，上升到"恐怖级"，尤其是火车到了隧道口刹车减速，车轮碾压铁轨发出的"滋啦啦"声，让人听了头皮发麻，汗毛耸立，睡意全消。

然而，出乎记者意料的是，绷紧的神经还没等平复，三五分钟后，对面又驶来一列火车，继续重复刺耳的"滋啦啦"声，而且随着夜色渐渐静谧，声音愈发刺耳尖锐，记者心跳瞬间加快，"怦怦"声如打鼓。记者用被子蒙头无济于事，用棉花塞耳朵也无济于事，在心里查数也无济于事，最后实在没办法，只好瞪着眼睛瞅房篷，在痛苦中熬到了天明。

次日起床后，战士与记者目光对视，彼此都吓了一大跳。战士眼中的记者头发乱蓬蓬，眼圈乌黑，脸色煞白，活脱脱的"崩溃"造型。记者眼中的战士，个个面色红润，神气十足，充满朝气。同样在噪声环境下睡觉，结果为何迥然不同。记者不服气，问一个刚下点的新兵："昨夜睡得好吗？"新兵回答："睡得老香了！"记者继续问："你夜里没听到火车声隆隆响吗？"新兵说："有啊，那可是最好的催眠曲！"在记者再三追问下，新兵道出了其中的奥秘。

原来，每个战士下点后，都有过类似失眠的遭遇，有的甚至被折磨得哗哗掉头发。不过任务需要离不开，慢慢适应才习以为常，练就抗干扰睡眠功夫只是辅助手段，真正的"硬功"是把执勤点当成家，不嫌不倦不弃，日久天长形成独特的心灵感应，再大的干扰也是小菜一碟。这位记者不解，怎么也想不通以队为家竟成为治疗失眠的特效药。

后来，执勤点杨排长讲了新兵李洪伦"破茧成蝶"的故事，记者这才打消了疑虑。李洪伦在省城长春入伍，家境殷富。他当兵的目的很简单，就是想在部队锻炼几年，然后复员回家安排个工作，便大功告成。结束紧张的新训生活，李洪伦被分到老爷岭执勤点。刚开始，他对这里充满好奇，信誓旦旦地对班长说："我一定要把根扎在老爷岭！"

下点的第一天晚上，班长考虑到李洪伦是新兵，对执勤点不熟悉，遇到突发情况处置不了，没有安排他上岗。李洪伦觉轻，有一点动静就紧张兴奋，继而胡思乱想难以入眠，火车驶过执勤点发出的如山崩地裂般的声响，神经敏感的他当然招架不住，这一夜几乎是瞪着眼睛熬到天亮。

次日早晨，班长还没起床，就被李洪伦的吵闹声惊醒，睁眼一看，他正在打背包收拾个人物品，谁劝也不好使，嚷嚷着说："老爷岭执勤点待不了，长久下去，崩溃是正常的，不崩溃不正常。"

"小李，你看班里的战友谁崩溃了？"班长把小李叫到屋外，说，"咱执勤点虽然条件苦了些，却是磨砺人锻炼人的好地方，只要你心无杂念，把三尺哨位作为成就梦想的舞台，再大的噪声也干扰不了建功深山林海的热情。"小李有所顿悟，嘻嘻一笑说："班长，道理俺明白，只是这火车声太折磨人，一时接受不了，您看有啥绝招治一下。"班长拍了拍小李的肩，语重心长地说："有啊，只要你服从命令听从指挥，保你半月后安然入睡。"

随后，班长给小李列出治疗失眠的"方子"。每天加强锻炼，减少身上的赘肉，保持健康的心态；积极参加各种劳动，增加对执勤点的热爱之情，化"厌"为"爱"；每天做一件有意义的事，养成良好的生活习惯和高尚的情操，保持愉快的心情；入睡前听听音乐，或与战友聊聊梦想，放松疲惫的神经；等等。此外，班长坚持每天陪他到山里散步，给他讲执勤点官兵感人的故事。

渐渐地，小李喜欢上了执勤点，各项工作抢着干，熬夜的生活习惯被纠正，与从前判若两人。半个月后的一天清晨，他兴奋地对班长说："我昨夜睡得可香了，根本没听到外面的火车声。"

记者听后，竖起大拇指说："这哪是硬功治好失眠，分明是用爱融化了战士的焦虑，老爷岭执勤点比家还温暖，氛围好浓！"

咫尺天涯隧道情

三中队有三个单独执勤点，分别担负松花江铁路大桥和老爷岭铁路隧道守护任务，其中老爷岭执勤点离中队部最远，位置最偏僻，环境最艰苦，一旦下雪就成了与世隔绝的"孤哨"。有战士形容说："老爷岭啊山不高，一年四季雾糟糟；睡觉听着火车跑，吃水得上河里挑；夏天蚊虫轮番咬，冬天风大如狼嚎……"

老排长刘国峰回忆说："战士虽然常年与火车打交道，但出行却享受不到'近水楼台'的待遇，甚至'路漫漫其修远兮'。老爷岭气候恶劣，冬天别的地方下小雪，这里下中雪；别的地方下中雪，这里就下鹅毛大雪了，而且山里刮风都是横着刮，吹到脸上特别地疼。这里通勤只有两趟小慢车，遇到暴雪，一旦晚点或停运，战士就得从吉林市乘坐大客车走公路，并且只能坐到距离执勤点四千米外的老爷岭村，剩下的路只能深一脚、浅一脚地蹚着雪往哨所'挪'。因此，到了冬季，战士没有极特殊情况很少外出。"

二十年前的一个冬天，老兵周才乘火车到吉林市医院看病，回来时突遭暴雪天气，火车停运。作为一名即将复员的老兵，他可以在吉林市住一晚，执勤点的排长也不会为难责怪他。但是，他却选择了乘坐大客和步行的方式，迎着漫天大雪归队，以往两个小时的路程，竟然走了八个小时才回到执勤点。见到战友时，他饥肠辘辘，脚板也磨出了血泡，后背湿透被冷风冻成冰坨。

其实，老爷岭执勤点的战士并不孤单，与其一山之隔的就是另一个执勤点，直线距离只有两千多米。然而，两个执勤点的战士见一次面难上加难，平时只能通过铁路内线电话联系。有人可能会问，为何不穿隧道，直线距离很近啊？这个绝对不允许。因为隧道内昏暗狭窄，火车通过时会产生巨大的风速和气流，一不小心就会被卷入铁轨之下，极其危险。中队把严禁穿越隧道作为铁的纪律反复强调。因此，没有战士敢冒险，也没有必要穿越"禁区"。所以，两个执勤点的战友，千米对面难相逢。

那是20世纪90年代初,既是亲戚又是老乡、同学的于雷和耿峰当兵来到武警吉林总队某支队。结束紧张的新训生活,于雷分到三中队八道河执勤点,耿峰分到三中队老爷岭执勤点。下点前,新兵班长开玩笑地对他们说:"你俩可做好近在咫尺难见面的准备,整不好复员才能见面。"两名新兵没有多想,私下议论说:"就隔两千来米,上厕所的工夫都能见一面,别被班长唬住。"

等到了执勤点,面对莽莽的群山和幽深的隧道,他俩这才意识到班长的话并非夸大其词。一起入伍的两名发小兼战友,整整三年,虽然间隔千米,但一直未能见面。不是没有机会,但就是不能见面,因为军纪如山,不可逾越。

斗转星移,转眼间结束三年军旅生涯,于雷、耿峰到中队部办理退役手续,这才圆了见面梦。这期间,他们到队部出差、到支队培训也有机会聚一聚,只不过临时有任务给冲了,留下遗憾。两名战友相拥的那一刻,含着泪说:"兄弟啊,我现在才知道啥是最远的你是我最近的爱!"

老爷岭从头年10月到次年4月,一直在下雪,和外边相差半个季节。战士蹚着齐腰深的积雪,一步一步拉着自制的爬犁到几千米外的村里运回粮食和蔬菜。每次,大家都会争先恐后抢着去,生怕错过这个难得的逛一逛村里代销点的机会。除了购买牙膏、香皂等生活用品，战士还要帮助老爷岭村的群众劈劈柴火，扫扫院子，遇到行动不便的生病老人，便背着他们去诊所，或几个人抬着他们到火车站乘火车去蛟河市的医院看病。乡亲们深受感动，家里杀猪宰羊，都要给执勤点送一份，犒劳一下辛苦的子弟兵。每次乡亲们拎礼物来，战士们要么婉言谢绝，要么折成现金还给他们，要么以礼还礼，感动得乡亲们不知说什么好。

见不到外面的精彩世界，并不代表战士们与世隔绝，在巴掌大的执勤点，这里不缺文娱活动，不缺笑声。

虽说林区生活苦，但官兵却苦中有乐。执勤点利用驻守深山林区的优势，组织官兵收集了一些树根和奇形异木。每年春秋两季，还组织即将退伍的老战士栽树种草，为的是给自己留一份记忆，给留队的战士蓄一份忠诚。同时，利用丰富的雪资源大力开展堆雪墙、塑雪雕、搭雪梯、打雪仗、雪地足球、雪地摔跤、雪地摄影展等文体活动，从而丰富了业余文化生活。

1992年3月，新兵下点后，李班长为新兵上条令条例课，看到新兵田林总是低着头，手里在摆弄着什么。李班长没立即批评他，下课后单独找他谈话。原来，田林在家学过三年雕刻，手艺还不错，就是因为文化水平低，识字认字都比较困难，只能临摹，请别人在石头上画好或者写好了，再照着刻出来，这就限制了他的发展。李班长听了他的经历，说："你这手艺不能荒废，只要多学习勤练习，在部队完全有用武之地，而且还能大有发展。"李班长送给小田一本字典、一本字帖，主动教他怎样去查字，督促他练字。有了效果之后，李班长又送给他一套雕刻工具，他拿着工具笑得合不拢嘴，爱不释手，跃跃欲试想要大显身手。小田找原料，自己设计、雕刻了一系列石刻、木雕作品。战友称赞说："冰冷的石头、呆板的木头经小田这么一加工，好像活了一样。"

年复一年，日复一日，战士默默地坚守在大山深处的隧道，他们的幸福和快乐已经跟哨所这个"家"紧紧连在了一块儿。

饮尽孤独星月明

"白天兵看兵,晚上看星星",是老爷岭执勤点的真实写照。

这里没有都市的喧嚣浪漫,战士每天除了站岗就是看山、看树、看日升日落、看云蒸霞蔚,听鸡鸣犬吠,久而久之,对执勤点的一草一木、一沙一石如数家珍。

新战士初来时对大山的新鲜感,很快被日复一日的平常冲淡。在"心里有话没地方说,感觉好压抑,好憋得慌"中,他们学会了与艰苦为伴,与寂寞共舞。简单已成习惯,枯燥更是常态。战士天天和熟悉的人、熟悉的物打交道,几乎把相貌特征、品种数量烂熟于胸。举个简单的例子,战友的脸上有几个瘊子,营区栽多少棵树,菜地种多少棵菜,都一清二楚。菜地少一棵苗，路上多一块石头，都逃不过战士锐利的眼睛。

一年春天，支队后勤处一名干部到老爷岭执勤点检查两业生产，看到地里苗齐叶壮，一片生机盎然，他被战士们以点为家的主人翁责任感所折服，随口问了一句："地里种几种菜？"

身旁的饲养员小刘不打奔儿地说："总共11种，有豆角、茄子、辣椒、黄瓜……到了夏季吃不完，有时铁路巡道工路过，还给他们摘几方便袋拎家尝尝。"

见小刘回答问题"一口清"，机关干部非常高兴，加大问题回答难度，说："那你能告诉我每种菜都有几株苗吗？"

"这不是有意为难战士吗？"一旁的中队干部为小刘捏了一把汗。

"报告首长，茄子33株、辣椒27株、黄瓜29株……"小刘边说边带领机关干部来到菜地旁，指着刚刚结果的西红柿说，"我给大家数一下，22株苗共结了270个小果。"

"不用数了，我相信你，老爷岭执勤点的战士真的不一般。不过，我还有一个问题，你们是怎么做到一口清的？"机关干部在夸赞的同时，再次提出疑问。

小刘回答说："是寂寞让我懂得了干工作要认真、细致……"

机关干部一把拉住小刘的手，激动地说："老爷岭执勤点的战士不但可爱，更值得全部队官兵学习，回机关我要向支队首长汇报，推广你们的经验做法！"

年复一年、日复一日重复做一件事，必然有孤寂、单调、乏味之感，为排解孤独，释放压力，战士们学会了讲故事。古代的、近代的、身边的，稍有"笑料"，便会"深加工"，在8小时以外"抖包袱"，"大逗"战友开心。

有一年，被誉为"战士笑星"的士官小阚从外单位调到执勤点。他见战士蔫头耷拉着脑袋见谁都不说话，便向排长建议搞个"哨所故事会"，为沉寂的营区增添欢声笑语。排长采纳了他的意见，并让他组织。还别说，阚"笑星"还真有两下子，"哨所故事会"经他策划，成为老爷岭执勤点的欢乐源泉。

"哨所故事会"开讲的第一天，小阚第一个登场，给大家讲了个《鸡鸣狗叫闹春耕》的故事，引燃大家的笑点。故事说的是生产队里有个敲钟的人，头晚因醉酒误了敲钟，鸡家族急了，全部出动，把社员叫醒。收工回村，大队人马又把狗弄烦了，狗家族又全部出动，各种狗叫声此起彼伏，吵烦了社员，一人拣石向狗投去，击中狗腿，狗发出赖赖唧唧的号叫。讲台上，小阚把说学逗唱才能发挥到了极致，战士捧腹大笑，直至流泪。

按理说，再动听的故事讲三遍也会索然无味。不知为何，小阚讲的《鸡鸣狗叫闹春耕》故事传播力强，影响力大，竟然成为执勤点的"保留故事"，隔三岔五就得回放一次，要不然总感觉生活少了一种味道，就这样断断续续讲了三年。只不过随着时间的推移，听众的更换，鸡叫改成狼嚎，狗叫换成羊叫，隔一段时间换个动物声，实在没有声音可学了，战士绞尽脑汁，模仿蛤蟆叫，后来被指导员批评为与军营生活"八竿子打不着"，这才换成别的故事。

一个故事讲三年虽是个例，但却由此反映出老爷岭执勤点的寂寞，战士生活在有声世界，感受到的却是无声的画面，绝对考验心理意志承受能力，"能够在执勤点待下就是做贡献"说得很准，也很恰当。

因此，把孤独和寂寞调节成欢乐模式，始终保持健康积极的情绪，也是一种本事。老爷岭执勤点官兵凭着对祖国的忠诚和对铁道的热爱，用青春的激情之火驱走了哨所的孤独和寂寞，把苦日子过出了甜滋味。

执勤点远离村屯，处在群山合抱中，且植被茂密，非常适合饲养家禽家畜。官兵们把养鸡、鸭、鹅称作"牧禽"，在与这些动物相处中收获了许多快乐。

每到夏季，执勤点周围的野草都结满了

籽，漫山遍野蚂蚱蹦、蝗虫飞，官兵们在林子里用枝条圈一块地，到老百姓家里买来鸡雏、鸭雏，放到里面饲养，既省饲料又省人工。没想到的是，吃草籽、虫子的家禽，下的蛋又大又香。

"鸡是'虫草鸡'，蛋是'虫草蛋'。"官兵们来了兴致，干脆每人"圈地"养家禽，在训练执勤之余"牧禽"。大家还举办竞赛，看谁养的家禽长得肥、下蛋多。

寂寞中的快乐来之不易。官兵们说："关键是要有发现和创造快乐的心境。"在他们看来，站哨时火车的鸣笛声就是快乐，训练中的比学赶帮是快乐，收到家人的来信是快乐，在执勤点吃到自己劳动所得的东西是快乐，在山坡上用石头摆出"祖国知道我"也是快乐……

电视屏幕雪花开

曾经有个笑话，说电视机信号接收不好，用手扶着天线就好些，手一松效果马上变差。于是，有人出主意，那就给电视天线挂块猪肉吧……而这则曾经广泛流传的笑话，在老爷岭执勤点却实实在在发生过。

执勤点处在老爷岭山脉原始林区腹地，不通邮，电视、手机常没有信号，被称为"林海孤哨"。

在电视机没有普及之前，执勤点官兵只能通过听广播、看报纸了解外界信息。让官兵苦恼的是，收音机信号不好，总是发出沙沙的声音，影响听节目的心情。虽然上级给执勤点订了不少报纸杂志，但因不通邮，只能由中队部下点人员捎带过来，有时一两个月不来人，日报变成月报，新闻变成旧闻，不过官兵还是饶有兴趣地从头看到尾，生怕漏掉有价值的信息。

有了电视之后，官兵本以为不再受信号干扰，足不出户坐享声情并茂、绚丽多彩的节目，哪承想绵延起伏的群山再次设障，不仅搅乱了战士们的观看兴致，还成为耗费体力的辛苦活，若赶上天气不好信号弱，必须派个战士在室外转天线杆，啥时候电视画面清楚了，听到调台的班长喊"停"，转天线杆的战士这才回屋看节目。

收到信号并不代表能看到清晰的节目。最令官兵头疼的是雪花屏"白噪声"，看得正高兴的时候，一列火车风驰电掣驶过哨所，电视机荧屏瞬间"雪花飘飘"，如同雾里看花、水中望月一般，令人头晕目眩。为了看节目，战士们开动脑筋、煞费苦心，想尽一切办法。

一次，战士小丛在调整天线杆时，手不经意触碰到天线上，电视机屏幕上的"雪花"瞬间消失，画面非常清晰。小丛受到启发，日后看电视若出现雪花屏，就一路小跑来到室外，把手搭在电视天线上，用身体导电扩展信号。后来，班长怕下雨打雷不安全，让炊事员在看电视时，割块肉挂在天线上，效果还不错，笨办法沿用了很长一段时间，直到安装卫星电视接收设备，猪肉才完成接收电视信号的使命。

电视出现"雪花"可以想办法解决，战士思想出现"雪花"则很难接通，有时干部骨干需要反复做工作才能"除雪花"。

战士门大成个性活泼、无拘无束。刚来执勤点时，他表现积极，经常早起打扫营院卫生，可随着对环境的熟悉，门大成出现了"水土不服"。不到一周，他就向骨干吐槽："受不了这个看电视没信号的苦地方，我不想当兵了！"

小门出现情绪波动后，班长、排长加大了对他的关心，经常找他谈心交心、嘘寒问暖，排长还主动与其父母联系，多方引导小门渡过思想关。"我慢慢调整吧。"小门思想稳定后，表示会主动适应执勤点生活。

又过了三周，随着训练强度逐渐加大，小门接连出现了失眠、头疼等不良反应，也就有了第二次"离点申请"。这次为了表示离点决心，他还把远在湖南老家的哥哥叫过来"助阵"。

看着风尘仆仆赶来的战士兄长，排长与小门进行了彻夜长谈，从公民依法服兵役、个人成长进步等角度反复劝说，使小门深受触动，他表示会"再试最后一次"。

"只要有一点希望，我们就不会放弃，这是对战士负责、对家庭负责，更是对国防事业负责。"随后，中队为小门等嫌苦怕累的战士进行了多项"私人定制"：举办执勤点变化图片展，增强战士守点爱点自豪感；邀请优秀老兵登台讲解不畏艰难、挑战自我的成长历程；根据战士兴趣爱好，成立了多个兴趣小组……感受着来自军营大家庭的温暖，小门慢慢找到了自己的新坐标，执勤点又响起了他的欢笑声。

与此同时，小门在工作上也重新抖起精神，条令条例考核成绩，从连续三次不及格到次次优秀；基础体能、战术技能训练，自我加压，成绩在新兵中率先达到全部优秀。他写信对父母说："当兵选对了，我要在老爷岭执勤点长期干下去！"

老爷岭执勤点虽然电视、手机信号时断时续，打电话需要爬到大树上，环境异常艰苦，但战士们来到这里很少闹情绪，更没有"个别人"，大家心往一处想，劲儿往一处使，干得热火朝天。掌握内情的战士说，如此高昂的工作斗志，得益于执勤点的干部骨干视战士如亲人，用思想工作来暖人心、解疙瘩、鼓士气，接通战士成长进步的"信号"。

"个别教育就像撒在冰雪路面的融雪剂，再厚的冰层也能被穿透。"战士小郑的父母常年在外打工，由于缺少严格管教，小郑养成了花钱大手大脚的坏习惯，津贴不但不够花，还得父母每月"补助"2000元。班长教育他要懂得感恩回报，他满不在乎地说："爹妈挣钱儿子花，天经地义。"

认识上的麻木，需要在情感上输液治疗。排长抓住小郑喜欢小品，时不时"整两句"的特点，组织战士编排了《津贴费发放之后》《执勤点有个大款兵》等小品，让小郑演主角。演出后，小郑泪流满面地说："我就是小品中的那个败家子，乱花钱的坏习惯再不改，没脸见爹妈。"这以后，小郑把精力用在读书学习上，很快改掉了乱花钱的坏习惯，被支队评为"勤俭标兵"。

从军路上"百衲鞋"

说出来很多人都不会相信,老爷岭执勤点的战士曾为一双旧胶鞋,差点掀翻了友谊的"小船"。

故事发生在20世纪90年代中期。战士孟庆山从外单位调整到老爷岭执勤点。一天,他在水房刷鞋时,发现鞋面被脚趾顶出个洞,鞋帮也裂开了,觉得穿出去有损形象,便丢进垃圾桶。

"小孟,这旧鞋是不是你丢的?"孟庆山刚进屋,就从门外传来令人听起来十分不爽的责备声。他趴在窗户上一看,是面善心慈的耿班长在院子里掐腰"发飙"。

孟庆山有些纳闷,自己刚调到执勤点,与耿班长毫无交集,并未得罪他,况且丢的是个人物品,与他一毛钱关系都没有,怎么突然间拿鞋说事,难道是想给他这个外来的一个"下马威"?

"班长,鞋是我丢的……"小孟快步跑到耿班长面前。

"你小子,太败家,我得给你上上课!"随后,耿班长将旧鞋丢在小孟面前,劈头盖脸地一顿训。

耿班长双眉倒竖,问:"你家做买卖?"

小孟摆摆手,说:"不是!"

耿班长眼喷怒火,问:"你父母上班?"

小孟摇摇头,说:"没有!"

耿班长怒发髭张,问:"你家有矿产?"

小孟皱皱眉,说:"哪能!"

耿班长脸色阴沉,问:"你家种地的?"

小孟点点头,说:"是的!"

耿班长责备他说:"就这家庭条件,还装大尾巴狼,枉费爹妈一片苦心,找个地缝钻进去得了!"

小孟生气地说:"班长,我也没干见不得人的事,你当班长的,也不能这么批评人啊!"

"咱是军人,要学会勤俭节约,这个美德千万不能丢啊!"耿班长越讲越激动,竟然找来胶水、针线,当面教小孟修补旧鞋。

在耿班长忙于穿针引线时,小孟仔仔细细打量了他一眼,军装洗得发白,胳膊、膝盖脱了线,为不影响美观,在裤子里面反打上补丁，虽然看不见"伤口"，但针线走痕仍清晰可见。再看脚上穿的黄胶鞋，也许是穿得太久、刷洗次数太多，鞋帮的帆布泛白，且缀满了用绿布打的补丁，因颜色不一，鞋面一块白一块绿，活脱脱的一双百衲鞋啊！这鞋令人看后浮想联翩。小孟心想，这鞋能穿出去吗？让人看到还不得笑掉大牙。

"好了，再穿一年没问题。"很快，耿班长把小孟丢掉的旧鞋补好。小孟穿在脚上看了看，还不错，基本上保持原样。

小孟问："班长，你脚上的鞋穿几年了？"

耿班长笑眯眯地说："不多，五年！"

"啥？"小孟惊得目瞪口呆，不相信耿班长说的是真的，可现实却活生生地摆在面前，又不得不相信。

后来战友告诉小孟，耿班长的老家在辽西，父母仅靠几亩薄地维持生活，日子过得紧巴巴。当兵后，为给家里减轻负担，他省吃俭用，恨不得一分钱掰成两半花，部队发的鞋袜几乎全邮到家里。然而，抠得连根冰棍都舍不得买的他，却多次为家有困难的战友捐款，每一次都掏空腰包。

老爷岭执勤点的战士"抠门"在三中队，乃至支队是出了名的，虽然没达到"一分钱掰两半花"的地步，但能省则省，能俭则俭，大力缩减生活开支，或把津贴邮给父母贴补家用，或用于买书给自己充电，或帮助家有困难的战友，成为执勤点的好传统、新风尚，如红色基因融入官兵血脉，接力传承。

俗话说："近朱者赤，近墨者黑。"在老爷岭执勤点，很多官兵都精打细算、勤俭节约，最具代表性的就是中队指导员侯长伟穿了近十年的衬衣。

当时，干部战士穿的衬衣是颜色白中泛黄的棉织品，需要用清水、香皂反复浸泡搓洗，才能出现白里透亮的效果。说起这件被汗渍浸得发黄、脖领、袖口被磨坏的"古董"衬衣，还发生过一段具有纪念意义的故事呢！

时间回放到1998年春。侯指导员到执勤点搞教育，因同战士一起劳动，衬衣被汗水打湿，便找了块肥皂将衬衣洗净，然后挂到院子里的晾衣绳上，叮嘱值日员说："老爷岭春天风大，一定要帮我把衬衣看好。"临近中午，天空突然狂风大作，转瞬间尘土遮天蔽日，呛得人睁不开眼睛。正在午休的侯指导员被狂风惊醒，赶紧跑到院子里收衣服，到了晾衣场一看，顿时傻了眼，陪伴自己多年的衬衣不翼而飞。

风停了，侯指导员把战士集合到一起，发动大家帮他找衬衣，并承诺谁找到冰棍奖励。战士四处散开，一部分在营区内搜寻，不放过任何角落；一部分扩大范围，跑到营区外的村庄找寻，经过地毯式排查，最后在屋后的菜地里找到衬衣。

侯指导员手捧失而复得的"古董"衬衣很高兴，趁热打铁开展起随机教育，对官兵说："买雪糕、汽水犒劳大家太俗气，执勤点搞绿化，今天我带头捐款五十元。"

官兵你掏一元，他捐五毛，凑足了一百元钱，买了十几株树苗栽到营院旁，为哨所增添了一抹绿色。

"特站"精兵守隧道

每名战士的从军梦想都不尽相同,有的渴望考上军校,有的渴望学到一门技术,有的渴望练就一身本领……总之,都想怀着成就衣锦还乡。然而,当理想和现实产生落差,甚至骨感的现实击碎了丰满的理想,就算是经过千锤百炼的血性汉子,一时半会儿也难以转过弯来。

战士丁树人就很有代表性。他从湖南入伍,父母经商,家境殷富。在常人看来,有钱人家的孩子要么出手阔绰,全身上下都是奢侈品;要么娇里娇气,吃不了半点苦。然而,丁树人却是"另类",既不乱花钱,也不贪安逸,是个不折不扣的"军迷",他从小就梦想投身军旅,在火热的军营建功立业。

高中毕业后,他不顾家人反对,当兵来到白雪皑皑的北国江城吉林市，成为武警吉林省总队某部某中队一名光荣的武警战士。在他看来，当兵就要当一名勇敢顽强的特战队员，烈日暴晒是淬火成钢，汗流浃背是沐浴青春，掉皮流血是增色添彩。

然而，当丁树人结束新训分到老爷岭执勤点，做好吃苦准备的他，还是被严酷的现实浇灭了心头的热情之火，瞬间坠入冰窟窿。当他面对幽深的隧道、隆隆的火车，以及为数不多、不苟言笑、身上散发怪味的十几个兵时，感到这一切与想象中的部队相差十万八千里，做梦也没有想到自己的从军经历会如此平淡无奇，既没有练兵场上的生龙活虎，也没有捕歼"暴恐分子"的冲锋陷阵，总之一句话，不够惊险刺激，玩儿的是"小儿科"。

丁树人后悔了，觉得当"铁道卫士"没面子，没脸见家乡父老，在同批入伍的同学面前抬不起头。于是，他找到中队干部强烈要求调走，不让离开老爷岭执勤点，那就提前复员，宁肯背处分，也不把大好的青春消耗在做毫无意义的事情上。

老兵找他谈，小丁说："我的理想是当一名神枪手，百步穿杨、枪响靶落，别留我，我的梦不在大山。"

班长找他谈，小丁说："我的愿望是当一名排爆手，刀尖舞者，解危排险，别留我，我的心不在隧道。"

排长找他谈，小丁说："我的梦想是当一名操作手，驾驭战车，驰骋沙场，别留我，我的人不在执勤点。"

班长、排长被小丁的倔劲儿给难住了，教育也不是，批评也不是，他既没嫌环境苦，也没喊工作累，只是想走出深山老林，在战场上当一名特战队员而已。排长把小丁列为"个别人"上报到中队，让党支部派人做他的思想转化工作。

几天后，副指导员带着电视剧《士兵突击》光盘来到执勤点。令干部骨干颇感吃惊的是，副指导员没有同小丁促膝谈心，而是一有空就拽着他看《士兵突击》，一周下来，从头到尾一集没落。起初，小丁心不在焉，对电视剧毫无兴趣。两天后，他竟然看一遍不过瘾，连看两遍，大呼自己就是电视剧中的"许三多"。

副指导员见小丁逐渐开窍，问他："还想不想调走了？如果执意要走，中队不强留，明天就向上级打报告请示！"

小丁的尊严细胞被副指导员的激将法激活，他用手挠了挠头，说："哪儿也不走了，就留在老爷岭执勤点，许三多这个憨兵能干出一番事业，我不比他差哪去。既然革命不需要抓捕罪犯的特战队员，那就立足本职，当一名保护钢铁大动脉畅通的坚守岗位的队员。副指导员，看我的行动吧！"说完，小丁向副指导员敬了一个标准的军礼。

这之后，小丁如同换了一个人，不仅脏活累活抢着干，而且训练不怕苦不怕累，遇有急难险重任务嗷嗷往上冲，被战友们誉为老爷岭执勤点的"许三多"。

后来，小丁在支队组织的比武中，多次摘金夺银，成为"奖牌专业户"。

再后来，小丁转上士官，当上班长，多次训新兵，成为

"金牌武教头"。

无独有偶，士官袁刚的经历也耐人寻味。

一年冬天，他休假回家过年。

亲戚朋友得知他在北国江城吉林市当兵，军旅生涯四载，又是立功，又是当班长，羡慕得直流口水。

亲戚问："你当的是技术兵？"

小袁说："是！也不是！继续猜！"

亲戚问："你当的是勤务兵？"

小袁说："对！也不对！继续猜！"

亲戚问："你当的是侦察兵？"

小袁说："像！也不像！继续猜！"

亲戚被小袁似是而非的回答弄愣了，想了半天，也没弄清楚他当的是什么兵，最后脱口而出："特战兵！"

小袁说："恭喜你猜对了。"

随后，小袁喝了一口水，为亲戚朋友讲述了隧道"特战兵"坚守岗位，忘我工作，忠诚使命，无私奉献，用青春和生命确保铁路运输畅通和旅客出行安全的事迹。

亲戚听出门道，补充说："我听明白了，你当的是特别能站岗的兵，简称'特站兵'。"

"回答正确！"小袁一个标准的军礼里，洋溢着自豪与自信。

想家的时候

有人说，老爷岭执勤点是炉火正旺的钢炉，战士哪怕是块顽石，只要在执勤点栉风沐雨历练个三年两载，出去个个是尖刀利刃。这也是执勤点吸引战士争着抢着前来加钢淬火的魅力所在。桃李不言，下自成蹊。有一种爱叫战友情，如涓涓细流滋润心田；有一种爱叫兄弟谊，如习习暖风拂去浮躁。置身其中，再寒冷的季节，也会吹散阴霾，化开冰河，走进姹紫嫣红的春天。

老爷岭执勤点建点以来，一代又一代官兵始终把营造和谐的内部氛围，作为提升"林海孤岛"凝聚力的出发点和落脚点，真真切切地关心爱护每一个战友，使执勤点处处洋溢着家的温暖，在青山绿水间留下真情。

"呜、呜、呜……"夜渐渐地暗了下来，劳累了一天的战士酣然进入梦乡。刘排长查哨回来，听到屋里传来啜泣声。"半夜三更的谁在哭鼻子，抹眼泪？"刘排长满腹狐疑。为不打扰战士休息，他没有开灯查明究竟，而是躺在铺上假装入睡，听声辨人。

很快，睡在墙角的新兵白小白进入他的视线。白小白下点以来，脏活累活抢着干，表现很积极，没见到有啥思想包袱，半夜三更落泪难道还有别的隐情？

想到这儿，刘排长悄悄地来到小白的床边，先是为他掖了掖被子，然后附在耳边小声地说："小白，心里要是有委屈，你可以起床，我陪你聊聊天！"小白掀开被子，泪眼婆娑地望着刘排长，哽咽地说："排长，我没事的，就是想家，一会儿就好了！"刘排长蹲在他的床边说："你是武警战士了，哭鼻子可不好啊，影响战友休息是小事，传出去让别人笑话可就是大事了，我相信你！"小白点点头。

临入睡前，刘排长叮嘱哨兵，夜里不要叫小白起床站岗，由他替班，让小白睡个安稳觉。

第二天吃过早饭，小白红着脸对刘排长说："排长，真不好意思，哪能让您替我站岗。"

刘排长拍了拍小白的肩膀，说："这几天牙痛的老毛病又犯了，反正也睡不着，你们休息好是我最大的快乐！"

随后，刘排长把小白叫到营区后的树林里，边走边聊。

"小白，家里有什么困难吗？"刘排长问。

小白说："没什么困难。"

"昨夜……"刘排长试探性地问。

小白红着脸说："排长，我想家了！"

"哦，想家是人之常情，可以理解。我刚当兵时也哭过鼻子。"刘排长自曝"家丑"，无形中缩短了彼此距离。

小白坚定地说："排长，以后我调整好情绪，相信我！"

"这话我爱听。咱是守护钢铁大动脉的武警战士，一人吃苦为的是千家万户的幸福安宁，哪怕是流血牺牲也光荣值得！"刘排长给小白打气鼓劲儿。

小白说："排长，放心吧，我要争当血性军人钢铁汉！"

几天后，小白到中队部取被装，回来时天已黑，远远地看到院子里亮起一串串火花，不知何事的小白急忙问前来接他的刘排长。

刘排长笑着说："火花是战友送给你的生日蜡烛！"

小白仔细一数，果然是十九朵火花。

他走进院里才发现，战友们在操场上用冰雪给他堆了一个大蛋糕，上面插着的不是蜡烛，而是一支支火把。那一刻，泪水模糊了小白的双眼。艰苦的环境没有蜡烛，也没有人会唱生日快乐歌，但战友们用自己的方式，为他点燃了生日火把，用厚厚积雪堆起独特的蛋糕。他过的是世界上独一无二的生日，拥有的是世界上最美丽的生日烛光。

在战士心目中，老爷岭执勤点的班长既是兄长，更是贴心人，谁遇到困难都会主动上前嘘寒问暖，把爱送到心坎上。

"刺头兵"韩云松，从外单位调到执勤点没两天，因站岗吃零食被突击检查的中队长发现，受到严肃批评。康排长找他谈心，小韩承认错误的态度非常诚恳，但没过几天又干出"压床板"的糗事，气得康排长狠狠将他撸了一顿。他却满不在乎地说："我就这样了，既不想立功，也不想学技术，更不怕背处分，爱怎么着就怎么着！"

康排长按捺住心中的怒火,多渠道了解小韩"反复发作"的病因。原来,小韩在家打工时,因干活磨磨蹭蹭,经常受到工头斥责刁难,使他产生自卑感,逆反心理特别强。帮带会上,康排长对骨干说:"要想使小韩有所转变,必须在'感'字上下功夫,在'情'字上拉近距离,做到热情对待不冷漠,主动接近不疏远。"随后,康排长从做小事、好事、实事入手,用兄长情、战友爱来温暖小韩的心。

真正促使小韩思想发生一百八十度大转弯的,是康排长在他生病的时候,寒夜在雪地里跟头把式地背他去医院。

一天深夜,小韩患上感冒高烧不退。当时卫生员到支队参加培训,往回赶来不及。康排长半夜三更顶着冒烟大雪背他去老爷岭村诊所。执勤点离村庄很远,路的两旁又没有灯,康排长背着小韩深一脚浅一脚地向前跑,好几次跌倒,把胳膊腿磕伤,他爬起来背着小韩继续跑。小韩趴在康排长的后背上,一股从没有的温暖涌上他的心头,谁说部队没有爱,排长的爱就是最真、最诚、最暖的父爱和母爱。这件事对小韩产生很大影响,从诊所回来后他积极工作,后来当上班长,也像康排长一样悉心照顾士兵。

特殊的"套餐"

不让一名士兵掉队,是人民军队的优良传统。

"无论是谁,决不能影响执勤点的集体荣誉;无论多苦,决不能让一名战友掉队。"为使执勤点成为温暖的家,干部骨干舍小家顾大家,一门心思抓建设。战士遇到闹心事,干部骨干雪中送炭,真情融化心头"冰"。

工作中,干部骨干与战士身挨身;生活中,干部骨干与战士心贴心。排长刘国峰节假日和战士一起娱乐时,就会脱掉外套,不是因为天气炎热,只是想和战士减少上下级关系的约束。一次,他和几个新兵打牌,输的要"弹额头"。起初,新战士赢牌后,不敢弹刘排长的额头,他却豪爽地说:"我现在没戴军衔,和你们是同级,输了就应该挨弹。"玩到最后,每个人的额头都被弹红了，大家特别开心。

那年春季，执勤点代表中队迎接上级考核，5千米越野是必考科目，当即宣布全支队排名成绩。马排长刚到执勤点不久，又是大学生干部，体能底子薄，考核总落在后面。战士自发成立"帮扶小组"，或拉或推帮助马排长跟上队伍节奏，他想要歇口气，身旁的战士就会鼓劲儿加油，大声喊："排长加把劲儿，马上到终点了，咱一定能拿第一。"渐渐地，马排长的劲儿足了，能够跟上大家步伐了。战士们开玩笑地说："排长，帮扶小组可以解散啦！"

战士霍楠，父亲因车祸不幸去世，不久母亲又得了重病，本不富裕的家庭雪上加霜。官兵们得知后，悄悄给他家寄去1000元钱，解了燃眉之急。战士崔明河的哥哥交通肇事，被判全责，身怀六甲的嫂子借遍了亲戚邻里，凑了9万元，还差1万余元。执勤点的官兵得知情况后，并没有因小崔将要退役了而置之不理，而是和全中队的战友一起想办法为他凑齐了钱。听着家里传来的好消息，小崔在电话中对父亲说："爸，我背后有好中队和好战友……"

老爷岭执勤点的战士没有"小鲜肉"，个个脸黝黑、手茧厚、伤痕多。列兵小刘说："这一特殊的印记，既是深山林海馈赠给我们的成长礼物，也是老爷岭执勤点战士区别于其他执勤点战士的最美青春颜值。"

战士隋宏宇体重180斤，肚子鼓得弯不下腰，站在队列里前凸后鼓，怎么也看不齐。范班长下定决心，一定要帮助小隋去掉肥胖的烦恼。起初，他让小隋背着杠铃负重前行，每天在林内训练场走5圈。坚持10天后，又让小隋慢跑、变速跑，每天坚持15圈。晚上适当"加餐"，范班长打着手电陪着小隋跑。课余时间，范班长还陪小隋每天坚持做200个仰卧起坐。经过4个月的减肥训练，小隋的体重奇迹般地减下来了，而且体质也增强了。半年考核时，小隋5千米跑、400米障碍都达到了及格成绩，擒敌技术训练达到了优秀水平。当小隋把这一消息告诉父母时，家人怎么也不敢相信，到执勤点短短4个月，就减掉了50多斤赘肉。最后小隋寄回了照片，才打消了父母的疑虑。

有人说，"80后""90后"官兵是在蜜罐里长大的一代，"娇骄"二气过重。然而，在老爷岭单独执勤点，无论是谁，只要迈进执勤点的门，就会被源源不断地注入虎气、胆气，成为隧道守卫战线上的一把尖刀利刃。

下士孔令春入伍前，是资深的"网游"玩家，崇拜虚拟世界里所谓的英雄。新兵下点后，因上不了网玩不了游戏，思想坠入"灰色地带"，先是以种种理由逃避训练，后来吵着让父母将他调走。

"好钢是炼出来的，精兵是训出来的。"在执勤点代职的刘副中队长主动与小孔结成训练对子，每天带着他练体能、练战术、练技能。令刘副中队长疑惑的是，无论怎么给他"打气"，小孔仍动力不足，对训练毫无兴趣。

不久，执勤点组织官兵重走抗联路，小孔因嫌路远假装肚子疼想半路返回。刘副中队长当着大家的面问他："杨靖宇是哪年殉国的？""抗联杀敌的故事你知道多少？""英雄抛头颅洒热血图的是什么？"……

刘副中队长连珠炮式的提问，噎得小孔脸红脖子粗。他在日记中写道："和牺牲的抗联将士比，我真得好好反省，再这样下去，愧对先烈。"此后，他戒掉"网瘾"，加班加点苦练，年底各项考核成绩优异，被支队评为训练标兵。

而士官李新由"炫富男"到"炫誉兵"的变化，则是执勤点坚持用党的创新理论校正官兵思想偏差，不让一个士兵掉队取得的"战果"。小李说："军人只有一身殊荣，才能价值倍增，魅力四射。"

小李的父母经营板材生意，家里"不差钱"。受社会不良风气影响，小李热衷于穿名牌、开豪车，与人比阔。下点的第一天，就将名表、名包拿出来炫耀，以此吸引战友的追捧。

传统固根本，理论管方向。为帮助小李卸掉"物质枷锁"，执勤点为他准备了一份"精神套餐"："理论夜校"汲取"政治营养"，"士兵讲堂"解读"发展红利"，"比武打擂"开启"精彩人生"……

经过官兵科学"导航"，小李等偏离人生坐标的战士，认清了国富民强的深刻道理，把知党恩、念党恩、报党恩，化作建功警营的动力，干得热火朝天。后来，小李还成了三中队的理论骨干。

新兵做梦思"汉堡"

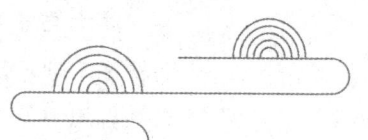

在外人看来,艰苦是老爷岭执勤点的"特色",寂寞是老爷岭执勤点的"景色";在战士们看来,"特色"考验的是军人本色,"景色"检验的是忠诚底色。生命中有了这段苦涩与寂寞相伴的经历,绝对是一笔宝贵的精神财富。

懂得珍惜,学会调节,才是融入老爷岭执勤点的"秘诀"。但意志力不坚强、适应能力弱的人,一时半会儿很难在此地扎根立足。

想想也是,让一群正值青春芳华的小伙子驻守在深山老林里,而且一待就是三年两载,不仅仅是守着清贫谈富有,更是守着寂寞谈奉献,没有超常的耐力,别说三年两载,就是三天两天都熬不过,更谈不上以哨所为家。但老爷岭的战士们,用一颗忠诚的红心和无悔的青春，书写着投身军旅不言悔、独守深山乐奉献的篇章，唱响坚守两条线的铿锵战歌！虽然每个战士的人生阅历都韵味独特，不可复制，但他们为国戍边的情怀相同，他们的钢铁意志相同，他们和老爷岭的感情深厚程度相同。

那年冬天，呼啦啦的西北风裹着冒烟大雪，将老爷岭执勤点与外界隔离开来。再有几天就过年了，老兵休假早已踏上与家人团聚的旅途，剩下的战士和中队部调整过来的骨干，在排长的带领下清扫营院，张贴春联，欢欢喜喜迎新年。不过，受条件限制，执勤点的年有些单调，就伙食而言，除了鸡鸭鱼，再无新花样，长此以往战士难免腻口，换换口味成了大家的奢求。无奈执勤点远离城市，别说换换口味吃点稀罕物，就是吃桶泡面都找不到小卖店，一切关于吃的想法愿望只能在梦里构思。

一天深夜，杨排长查哨回来，在给新兵赵小新盖被子时，听他喃喃地说："我要吃汉堡！我要吃汉堡！"杨排长哭笑不得，有心想把小赵叫起来，搅黄他的"汉堡梦"，但转念一想，小赵是城市兵，而且又是独生子女，从小到大没吃过苦，能够在山沟里待下去，足以证明他长大成熟了。执勤点虽然条件艰苦，但立足现有条件满足战士的想法愿望，也能调动工作积极性。如果打消了他"贪吃"的念头，会适得其反，必须想一个两全其美的解决办法。

在此后的几天里，杨排长的脑海无时无刻不被汉堡占据，他给中队部文书打电话，询问近期有没有战士下点送给养，如果有就从市里捎带几个汉堡过来，让大家解解馋开开胃。文书答复说近期雪大，战士出行不安全，没有战士下点。杨排长问炊事员会不会做汉堡，炊事员回答说："啥是汉堡我都不知道，更别说会做了！"杨排长不死心，踩着厚厚的积雪到老爷岭村代销点询问有没有速冻汉堡，结果只拎回几根火腿肠。

路上，杨排长突然想起曾经在书上看过汉堡包，便赶紧跑回执勤点把书找出来，认认真真仔仔细细地看了好几遍，然后长吁一口气，自言自语地说："我以为汉堡多么复杂，原来跟肉夹馍做法差不多，这个难不倒我！"

想到这儿，他对炊事员说："晚上咱们吃汉堡！"炊事员见他两手空空，愣愣地说："排长，执勤点啥食材也没有，你这不是逗大家开心吗？"杨排长把火腿肠交到炊事员手里，神神秘秘地说："有了它，就不愁吃不到汉堡！"随即，他和炊事员和面，蒸了一锅馒头。馒头出锅后，他在皮儿上刷油，再放到烤箱里烘烤，最后将烤焦的馒头用刀切开，在里面夹上白菜叶和火腿肠，拿给战士吃。

开饭时，杨排长先让小赵品尝自制汉堡，

说："咱老爷岭执勤点远离城市买不到汉堡，我和炊事员照葫芦画瓢做好给大家尝尝，是不是那个味请多多包涵。"

"排长，你咋知道我爱吃汉堡？"小赵眼里流露出惊喜。

杨排长说："要怪你就怪梦，是它出卖了你！"

小赵捧着热腾腾的夹馅馒头，还没吃眼眶早已湿润……

在外人看来，老爷岭执勤点的节假日平淡得像一杯白开水，无滋无味。战士们却说，只要你去探寻和发现，执勤点处处都是欢乐的源泉。

就说排解寂寞，战士们绝对是脑洞大开，富有创意。

过年回不了家，大冬天又打不了篮球，战士们玩腻了斗地主，便采取凑在一起唠家乡嗑儿、说家乡事儿、聊家乡趣儿的方式增添乐趣。从河南入伍的小张，向大家介绍了家乡特色小吃——鹿邑妈糊，它色白如乳，细腻无渣，滑润如脂，香甜爽口，不亚乳汁，馋得大家直流口水。安徽籍战士小刘，用诗一样的语言，为大家展开一幅皖南古村落画卷，时光在每一个角落都留下了印记，印在村子里的古民居旧祠堂里，印在凹凸不平的石板路上，印在历经千年沧桑的古树间，印在了皖南的青山绿水中……"勾魂"的美景令北方战士心驰神往，如醉如痴。来自吉林的小吴给大家讲了东北趣事——"八大怪"，南方的战士听到"养活孩子吊起来"，以为是"虐待"儿童，吓得直吐舌头，后来得知东北摇篮与南方的"悠车"相似，只不过东北的摇篮吊在房梁上，这才长出了一口气。

老爷岭执勤点战士的乐趣是《送你一枚小弹壳》，是《哨所喇叭花》……不要说军旅单调枯燥，其实，乐趣就埋藏在训练中、执勤里，哪怕是普通的饭碗，也能给战士们带来视觉和听觉上的新鲜感。

有人问老爷岭执勤点的战士："当兵的意义是什么？"战士们不约而同地说："对于隧道兵来说，洞口风平浪静，身后和平安宁，就是最大的意义，就是最大的'乐'。"

老爷岭上的招牌菜

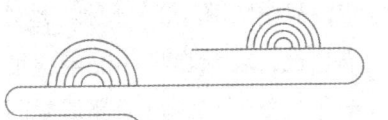

老爷岭执勤点曾经有道名菜——鸡蛋酱。说起这道菜,各级领导到执勤点检查工作,赶上吃饭必点此菜。按理说,普普通通的鸡蛋酱登不上大雅之堂,为何声名鹊起,被誉为蘸料中的极品?一个字"绝"。此鸡蛋酱非彼鸡蛋酱,既有牛肉的醇香,亦有河鱼的鲜香,更有时蔬的清香,吃一口想下一口,欲罢不能。然而,谁也不会想到,这道名震八方的招牌菜,竟出自毫无煎炒烹炸经验、主业是站哨执勤的普通战士之手。

令人称奇的是,老爷岭执勤点的战士既上得了哨,又下得了厨,个个身怀绝技。有人说:"士兵不看兵法看上菜谱了,简直是铁匠卖大饼——不干正经事儿!"说来话长,并非老爷岭执勤点的战士不务正业,这与执勤点的编制和独特的生活环境有关,越是艰苦的环境,越能磨炼人。

老爷岭执勤点为班的建制,编制10个战士,离中队部100多千米,地处深山,一切都要靠自己,自给自足才能丰衣足食。战士们年复一年日复一日,每天都重复同样的事情,因此练就了十八般武艺。操起盾牌会练兵习武,掂起马勺会炒菜做饭,拎起铁锹会戳煤烧炉,拿起钳子会接电维修,扛起锄头会刨土种地……久而久之,小小的执勤点培养出一批又一批能工巧匠,有的竟成为一专多能的人才,复员后凭借一手过硬的技艺,在商海大显身手。

有人曾这样评价老爷岭执勤点:麻雀虽小,五脏俱全。就拿炊事员角色来说,在中队部专管做饭烧菜,诸如维修、种地等杂活很少"染指"。在老爷岭,执勤点炊事员的"戏份"就多了,穿上白大褂就是卫生员,系上围裙就是饲养员,拿起对讲机就是电台员,身兼数职,岗岗相连。战士生活在这种环境中,可想而知成才是正常的。

战士吕金标怀揣学技术的梦想来到老爷岭执勤点。然而,他刚下火车还没等迈进营区,就被四周苍凉突兀的群山给吓住了,认为在这个连兔子都不拉屎的地方成就不了梦想。他对带队干部说:"我申请去中队部,这个地方不是有梦想的人待的,满足不了我愿望,我不干了。"

带队干部不但没被"震"住,还自信满满

地说:"你可别小瞧了咱老爷岭执勤点,这可是育人的摇篮,没梦想让你有追求,没技术让你有绝活,复员绝不会让你光溜溜地回去,而是满载而归。"

吕金标一脸疑惑地问:"这环境、这条件谁相信,不会是忽悠人吧!"

带队干部笑着说:"哪能忽悠人,执勤点会根据战士的爱好特长,有针对性地绘制'成长路线图',只要按图行进,保证你踏上实现梦想的星光大道。"

出乎小吕意料的是,进了执勤点的门,干部骨干并没有给他列出培养规划,第一件事让他学做菜,必须在一个月内拿出招牌菜,过了关才能进行下一步。小吕彻底蒙了。对闻到油烟味就恶心的他来说,炒菜无异于肉体和精神上的折磨,宁肯跑五千米,也不愿意围着锅台转。他找排长反驳。排长笑呵呵地说:"咱执勤点有条不成文的规定,无论干部还是战士,不管老兵还是新兵,人人都要做一手好菜。"

小吕问:"排长,菜可以学、可以做,我就弄不明白,做菜咋还能跟爱好成才扯到一块?"

排长道出缘由。虽然上级统一给执勤点供应食材,餐餐有鸡鸭鱼肉,但因没有炊事员,由战士轮流掌勺,做出的饭菜不是糊了,就是半生不熟,久而久之战士不可避免地有"腻口"之感。怎么办?执勤点把人人是厨师、个个会掌勺列入人才培养规划,激励五大三粗的钢铁汉,开动脑筋当美食家。

小吕来了兴趣,决定依托深山老林食材丰富鲜美的优势,做一顿味美的酱鲫鱼和鲜嫩的山野菜。

为了这顿晚餐,小吕动了不少脑筋。首先是准备食材。按照分工,他安排给自己打下手的战士一伙负责抓鱼,一伙采摘山野菜。抓鱼要挑选水流平缓的河沟筑坝下"晾子",两天才能抓到一盆鱼,大都是五六两重的白鲢和鲫鱼。山野菜主要有山芹菜、刺嫩芽、小根蒜等,数量不多,但很鲜嫩。然后是加工制作。山野菜主要是洗净焯水蘸酱吃。做鱼却是功夫菜,按照程序,先是把上山时背来的肥猪肉炖好,连肉带油舀上一小勺、大酱一大勺,抓上一把干辣椒、一把蒜瓣,一起爆锅,再把收拾好的小鱼整齐地码在锅里,添上水,大火烧开,小火焖制,40分钟后收汤出锅。香喷喷的一盆鱼端上桌,吃一口,鲜、香、滑、嫩,真是人间美味。

小吕用拿手好菜赢得战友认可,闯关成功。接下来,执勤点根据小吕个人喜好,为他准备了一份令人惊喜的大礼包,即把执勤点营房维修重担交给了他,并联系了老爷岭车站的电工师傅,手把手教他电器操作知识。小吕虚心好学,站岗训练之余,便钻进库房研究这儿琢磨那儿,很快由门外汉变成小行家,并考取了国家职业资格等级证书。复员后,他凭借着在部队学到的本事,自己开了一家电力器材商店,跑市场,做业务,干得风生水起。

有拿手好菜,才能被老爷岭认可;其实,老爷岭的拿手好菜,就是塑造军营精兵、新时代军地两用人才。在老爷岭执勤点,像小吕这样被推上"成才星光大道"的战士,不胜枚举。他们的青春履历之所以由"白纸"变成"彩页",得益于根植老爷岭执勤点肥沃的土壤,充足的阳光、水分、养料,还有让许许多多官兵念念不忘的老爷岭精神。

永远的老爷岭

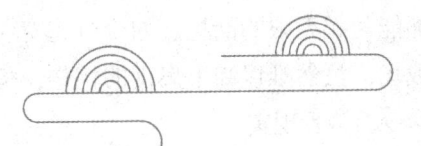

老爷岭执勤点要撤了。老爷岭依然在，但大家战斗过的岗哨要永远成为记忆了。听到这个消息，不管是即将离开哨位，还是曾经在哨位上坚守过的官兵，心里都不是滋味。

但不管大家心里的滋味如何，这一天终究还是来了。

2013年7月中旬的一天，对于曾经在老爷岭战斗过的战友们而言，是一个极为特别的日子。

因为这一天，根据上级命令，老爷岭执勤点撤勤，完成使命退出军事舞台，官兵转隶其他部队，营房设施移交给铁路部门。

宣布命令的那天，官兵仍像往常一样站哨执勤，但每个人的眼里都写满了不舍，有的紧抱大树泣不成声，有的凝望隧道思绪万千，有的抚摸钢枪不肯放手……官兵对老爷岭执勤点的感情太深了，营区内的一草一木都能勾起无限的回忆。如今打起背包奔赴新的战场，虽然难以卸下离别的忧伤，但必须服从命令、接受现实。

想归想，做归做，在正确面对走留的问题上，执勤点官兵觉悟还是很高的：听从组织安排，不给上级首长机关添乱，在岗一分钟，站好六十秒。官兵把对执勤点的眷恋之情，转化为旺盛的工作热情。营区依旧整洁干净，菜地依旧花红叶绿……里里外外见不到一丝"黄"和"慌"的迹象。

这就是老爷岭执勤点，士气昂扬，作风硬朗，纪律严明。

闻知执勤点要撤勤移交，工作上"一盘棋"的好邻居——老爷岭车站的铁路职工来了。他们拉住官兵的手不肯松开，眼前情不自禁地浮现出战士们冒着凛冽的寒风，挥汗清理道岔内厚厚的积雪，保证火车正点到发的场景。在铁路职工的眼中，守护隧道的武警官兵就是忠诚的化身，他们在寂寞中更加坚强，在单调中更加坚毅，在奉献中更加坚定，将忠诚刻在这崇山峻岭间。

感情上"一家亲"的好亲戚——驻地老爷岭村的乡亲们来了，大家围住官兵不肯离去，讲起兵娃娃们从春种到秋收，忙碌于田间地头的助民故事。在乡亲们的眼中，守护隧道的武警战士就是人民的"保护神"，他们视人民为父母，把驻地当故乡，不遗余力地积极参与社会公益活动，用行动诠释了"军爱民、民拥军、军民团结一家亲"的真谛。

曾在一起并肩作战的好兄弟——退伍老兵从四面八方赶来了，大家合影留念不肯道别，满含深情忆起"天当被，地当床，风餐露宿志昂扬，手握钢枪保一方"的往昔时光，燃烧青春不言悔的战斗岁月。在老兵们的眼中，老爷岭执勤点就是自己的家，人虽然离开了，但魂犹在，他们一直在关心关注着执勤点的建设，倾注了满腔心血。

挥一挥手，昨天变成记忆，今天尘封历史，老爷岭执勤点则变成被泪水浸泡的思念。那山镌刻下热血男儿的满腔豪情，那水带走了军中赤子的几多惆怅，那林播撒下钢铁硬汉的诗与远方，那哨留下了铁道卫士的侠骨柔肠……每一句话都成为此生刻骨铭心，每每提及都潸然泪下的告别。

排长说："再见了铁道，我只是沿着长长的铁轨奔赴新的战场。守护你的岁月，我收获了勇敢与坚强，明天即便是疾风骤雨考验，我依然目光如炬，坚守初心，再写辉煌。"

班长说："再见了哨所，我只是把警惕暂时打进行囊，有你陪伴的日子，我懂得了奉献与担当，未来即便是霜冻寒流侵蚀，我依然岿然不动，忠于职守，展现风采。"

老兵说："再见了老乡，我们只是奔赴他乡继续为人民站岗，与您相处的往昔，我感受了浓情与温暖，分别即便是天涯远相隔，我依然不忘恩情，反哺报答，血浓于水。"

新兵说："再见了战友，我只是把明天的相聚选在他乡，并肩战斗的曾经，我汲取了信心和力量，征途即便是坎坷何其多，我依然斗志昂扬，挑战极限，笑傲军旅。"

"其实不想走，其实我想留，留下来陪你每个春夏秋冬……"天下没有不散的筵席，军旅就是一场轰轰烈烈的告别，无论是主动地选择，还是被动地面对。告别或多或少有些伤感，但是告别也蕴藏着希望，每一段行程的背后都有一段故事，一段又一段的告别，构成了富有传奇色彩的军旅生活。

疾驰而过的列车，带走了遗憾，却带不走官兵心系家国的铿锵誓言；一闪而过的时光，带走了忧烦，却带不走官兵洒在山林里的自信笑声；永不停歇的脚步，辜负了亲情，却没有辜负戎装肩负的使命；一抹憨憨的笑容，零落了想家的心情，却没有零落为国奉献的坚定。山无言、水无言，爱洒老爷岭山水间。

干部说："我们会把光荣传统带走，无论走到哪，我们都是抗联英雄的传人，血液里流淌着红色基因，用一个个'最美逆行'证明自己、展示自己，和先辈们一样高扬着理想的旗帜，涌动着如火的激情，永葆革命军人本色。同时，我们也会把歌声留下，'唱出满腔热血，唱出青春无悔'。"

骨干说："我们会把哨所精神带走，无论从事什么勤务，我们都会大力发扬执勤点'任务无大小、使命连你我'的实干担当，用一个个'精彩转身'诠释自己、解读自己，随时准备奔赴战场，为胜而战，浴血荣光。同时，我们也会把情怀留下，'头顶边关月，情系天下安'。"

战士说："我们会把吃苦韧劲带走，无论面对什么样的恶劣环境，我们都会把'奉献无怨悔、苦中有作为'作为'初始动力'，用一张张立功喜报勉励自己、鞭策自己，随时准备攻坚克难，担当重任，再展宏图。同时，我们也会把祝福留下，'为了你的景色更加美好，我愿驻守在风雪的边疆'。"

老爷岭，我撤勤了，但这只是一次征程再启，"若有战，召必回"！

第二辑

阳光驿站爱意浓

别说老爷岭山高路远地偏,就一定缺情短爱。这里到处都弥漫着爱的阳光,到处都有亲人的笑脸。当然了,爱的阳光在心头;亲人的笑脸,有的在梦里,有的在眼前、在身边,还有的就在那一封封总是迟到的家书中……小小执勤点,其实就是一个洋溢着真情和浓浓爱意的阳光驿站!

酸甜苦辣话家书

家书，军人情感世界不可或缺的元素。它如醇香的酒，一旦啜饮，思念就会陪伴一生；如清香的茶，一旦入口，牵挂不离身边；如浓香的饭，一旦下肚，能量萦绕心间。

然而，薄薄的信笺对于老爷岭单独执勤点的官兵而言，则是漫长焦灼而甜蜜的等待，亲情、友情、爱情更显得弥足珍贵。于是，不辱使命，为国站好岗，用优异成绩向亲人报喜，成为官兵前行的坐标。

在没有通电话之前，老爷岭执勤点的战士一直是通过写信与外界保持联系，即便是后来有了固定电话和手机，写信仍是官兵钟情的联络方式。

说起寄信，经历过"纸短路长"的官兵，个中辛酸苦辣一大把，说一千道一万，都是邮路不畅带来的烦恼。老爷岭执勤点地处深山，远离城镇，离最近的村屯约五千米，交通极为不便。闭塞的环境开通不了邮递点，只能通过其他渠道接收或转递，既误事又麻烦。起初，官兵委托村里代销点转寄接收信件，无奈训练执勤较忙，十天半个月抽不出人去村里取，导致信件积压，加之代销点将信件堆放在角落里，经常出现丢失损坏现象，官兵只能另觅蹊径与家人及外界保持联系。

　　战士廉小连从外单位调到老爷岭执勤点，为了不让热恋中的女友牵挂，安顿好的第一件事就是赶紧写信，然后在班长的带领下跑到村里代销点转寄给女友。按以往惯例，一封信从寄到收顶多跑个十天半个月，再迟也没超出一个月时间。然而，令廉小连纳闷加郁闷的是，来到执勤点两个月了，迟迟还不见女友的来信。他跑到代销点询问，售货员说信早就邮走了。小廉以为女友工作忙没时间写信，也就没往多了想。不承想竟差点儿点燃了"爱情毁灭模式导火索"，若不是班长及时扑灭，差一点"炸"得廉小连同志与女朋友分道扬镳。

　　这一天，廉小连正在操场训练，老爷岭车站的工作人员通过铁路内线给他打来电话，说有一个亲戚来看他，正在车站候车室，让他赶紧去接。廉小连听到这个消息一头雾水：自己的老家在河南，除了父母、女友知道他调到执勤点，其余的亲友并不知情啊。没有极特殊的事，谁会千里迢迢跑这儿来？廉小连猜了半天也没弄明白谁来看他，便报告给班长。班长说："不用紧张，我陪你去接站，如果是亲戚就好好唠唠，讲清咱执勤点条件有限，不让外来人员留营留宿，然后买张车票高高兴兴地将人送走。"

在班长的带领下，小廉来到车站。他推开候车室的门的那一刻，瞬间惊呆了：竟然是朝思暮想的女友。他刚要打招呼，女友怒气冲冲、杏眼圆睁："好你个当代陈世美啊，穿上军装就变了心，我咋瞎了眼，竟然看上你这个移情别恋的伪君子……""什么情况，是不是有什么误会啊……""误会？你说什么误会？今天你必须给我说清楚，否则跟你没完。"小廉被女友的一连串质问搞愣了，不明白她大老远来唱的是哪出戏，有心解释又怕说不明白，赶紧给班长使眼色，请他出面调解。

班长经过与小廉的女朋友沟通，这才了解小廉的女友与他急、跟他吵的深层原因，竟然是两地书。原来，女友接到小廉的来信，当天便写了回信。为鼓励他在部队好好干，女友以信为使，几乎天天写信倾吐相思，可不知怎么回事，两个月来寄出了三十多封信，连一封回信都没收到。女友问小廉的父母，他们也没收到儿子的来信。女友急了，以为小廉移情别恋，于是千里迢迢坐车跑到老爷岭执勤点"兴师问罪"。

在班长耐心的解释下，紧张的局面有了缓和，但女友仍满脸怒气。考虑到小廉的女友一天没吃饭，班长请他俩到村里代销点吃了顿小鸡炖蘑菇。小廉在找碗盛饭时，偶然发现碗架子上堆了很多信，随便拿出一封打开一看，竟是女友写给自己的情书。他把女友叫过来，用手指了指碗架子上的信，悄声地说："不是我变心，是情书在代销点睡觉呢！"说着，廉小连还把书信抖了一抖，套用歌曲中"马儿哟，你慢些跑、慢些跑……"的曲调轻声唱了起来："家书哟，下回你快点跑……"女友一听，扑哧乐了，当然，什么都明白了，一腔怒火顿时消了，紧绷的脸上露出舒缓而不好意思的笑。还是班长反应快，忙对售货员说："大嫂，我把信带走了，谢谢啊！"一场因迟到"情书"引发的感情危机，就这样化解了。

后来，战士的书信改由中队部下点人员代寄代收，从而避免了信件积压和丢失，更保护了个人隐私。虽然有时要等上半个月，但战士们仍饶有兴趣地给亲戚或朋友写信，介绍成长进步，表达思乡之情，每每收到来信，战士的脸上洋溢着满满幸福。

一年冬天，战士宋勇收到家里来信，不知为何，一向乐观开朗的他，突然间满脸愁云，并偷偷地向战友打听去市里的客车路线。细心的班长发现宋勇思想苗头不对，一边稳定他的情绪，一边向排长报告。经反复谈心，小宋道出情绪反常缘由，姐姐在信中告诉他，父亲因宅基地和邻居发生纠纷并被打伤，邻居蛮横无理，迟迟不肯道歉掏医药费，他想私自离队回家替父亲报仇讨回公道。

排长对小宋说:"采用暴力方式泄私愤,最终只会酿成惨案,不仅害己更害家人,违法的念头想都不能想。""那我该怎么办?"小宋问。"通过请求法律援助和打官司的方式讨公道。"小宋豁然开朗,说:"我之所以产生冲动念头,是因为头脑中法律知识储存不多,下一步一定认真学法,通过法律渠道为父亲讨公道。"随后,排长将小宋遭遇的涉法问题报告给中队,党支部写信给当地的政府和人武部求援。不久,事情得到了圆满的解决,也去掉了小宋的一块心病。

心事说给大山听

"爸爸,您好好养病,不要惦记孩儿,我会在执勤点好好工作,早日把立功喜报邮回家!"

"妈妈,我的训练成绩上去了,受到执勤点排长表扬了,下一步,我要苦练本领,争当训练尖子!"

"弟弟,一定要听爸爸妈妈的话,好好学习,加强锻炼,将来参军也到老爷岭执勤点守护隧道!"

…………

周末,又到了老爷岭执勤点战士"喊山"的时刻,虽然时间不是很长,但大家面对莽莽群峰、阵阵松涛,一股脑喊出一周来积压在心中的压抑和苦闷,精神面貌焕然一新。

"喊山"在老爷岭执勤点坚持了很多年。在战士们看来,闲暇之余"喊两嗓子",既能驱走寂寞,与欢笑同行,又能找到自信豁达人生,堪称一泓慰藉心灵的清泉。这项活动,既让前不着村后不着店的老爷岭执勤点成为凝神聚气的"加油站",也让很多战士尝到甜头,或热情高涨,或动力十足,或奋起直追,个个生龙活虎,士气昂扬。

为什么要"喊山"?这与老爷岭执勤点近似封闭的生活环境有关。

战士常年与隧道、火车、群山相伴,不可避免地会产生孤独寂寞之感,最直观的表现,是战士不爱说话,有时瞅着大树发呆一整天。为了让战士们玩起来、乐起来,干部骨干想了不少办法,无奈受艰苦的条件限制,能玩的能乐的也就锣鼓镲老三样乐器,久而久之,战士们产生无聊之感,干部骨干只好另辟蹊径,制造快乐。

这一年春天,执勤点分来四名新战士。排长在组织他们写家信时,屋里突然传来略带伤感的啜泣声。排长扫视了一下屋子,只见身旁的苗志兴一边写信一边抹眼泪,信纸都被泪水浸湿了。

排长悄悄问:"你咋还哭了呢?意志力也太差了!"

小苗说:"我想妈妈了!"

当小苗哽咽地说出"妈妈"两个字时,其他新兵的眼泪也瞬间决堤,唰唰地往外涌。

小苗抬起头，对排长说："排长，我有一个请求，咱执勤点太压抑了，能不能让我对着大山喊几声。"

排长见新战士个个泪眼婆娑，想哭又怕出声，喊了一嗓子："与其憋着，不如痛痛快快地大喊一场，给你们十分钟，咋喊都行！"

排长话音刚落，新战士快速跑出宿舍，站在院子里对着大山"喊"起来。

小苗边抹眼泪边用手捶胸，嘴里不停地念叨："妈妈，您手术我不能在床边照顾了……"

小张把双手放在嘴边做喇叭状，大声地叫："爷爷，您的病好了吗？孙儿一直在牵挂！"

小周在地上不停地转圈踱步，时不时从嘴里蹦出话："爸爸，我没考上大学，让您失望了，日后一定奋起直追！"

小毕则掏出口琴，吹起《牧羊曲》，想起了远方的姑娘。

"停！十分钟到。"就在大家喊得尽兴时，排长宣布，"喊戏到此结束。下一个内容，每个人向远方亲人说一句心里话，谁说得感人有奖励。"新战士一下子醒悟过来，"喊"只是前奏，倾吐心声才是重头戏。于是，他们擦干眼泪，绞尽脑汁搜罗话语。

小苗说："妈妈，请原谅儿子的不孝，您的哺育之恩将激励我奋勇前进！"

小张说："爷爷，您一定要保重身体，日后有机会我到街里给您买药寄回家。"

小周说："爸爸，您放心，我在部队认真学习，争取考上军校！"

排长边听边点头，并把大家的话记在本子上。末了，排长说:"刚才大家都做了表态发言,为了不辜负亲人们的嘱托,你们下一步该怎么办?"新战士几乎异口同声地回答:"在执勤点好好干,用优异成绩报答父母亲人的养育关怀之恩!"

之后,"战士寂寞的时候对山喊两嗓子"在老爷岭单独执勤点沿袭下来,并随着人员更迭和条件改善不断充实新内容。

"喊山"不仅仅是情感宣泄,更是铮铮铁骨的柔情告白,在直线加方块的军营里,更多的时候,战士们都会把泪水化作汗水,奋起直追。

有一年,战士小郝代表执勤点到支队比武。最先展开的比拼科目是10千米负重行军。随着裁判一声令下,小郝如同丛林里发现"猎物"的豹子,以风驰电掣的速度,向熠熠生辉的奖牌冲去。甩掉一名参赛选手、甩掉两名参赛选手、甩掉三名参赛选手……开赛不到10分钟,小郝闯进前十,如不出意外的话,满分稳操胜券。

就在小郝大步流星奔向终点时,突然摔倒在地上,右手掌被尖石割出一条口子,顿时鲜血汩汩向外涌。一旁的中队干部急忙跑过来用手绢捂住伤口,问他用不用找医生包扎。此时,距终点还有两三千米,如果停下来找医生处理,肯定会耽误时间,小郝边跑边对中队干部说:"疼的时候,只要喊几声,我就能挺住。"距离一米一米缩短,鲜血一滴一滴滑落，小郝咬牙坚持到终点。

"10千米负重行军成绩48分09秒！"当裁判宣布完单科比赛成绩，小郝眼前一黑晕倒在赛场。

小郝手捧奖牌回到执勤点后，对战友说："一想到喊山，我全身就'来电'，十头牛都拉不住！"

是啊，战士的心声谁人懂？四面青山侧耳听！

收藏了战士的林林总总的喊话，青山更加郁郁葱葱；把心事交给了大山，战士的激情比山还高、比岩石还硬，如火丹心映忠诚，和朝霞一样红。

老爷岭上父子兵

新兵抢着来，老兵不肯走，父亲送儿子，兄弟同从戎。这就是老爷岭执勤点的无穷"魔力"。

按常理来讲，这个前不着村，后不着店，远离城市，偏于一隅，恨不得插上翅膀飞出去的"憋死牛的地儿"，不应该成为官兵争抢的"福地"。水是有源的，树是有根的，抢着来老爷岭执勤点是有原因的。新兵说，执勤点虽然苦，却能去娇气、砺血性，体现人生价值。老兵说，执勤点虽然累，却能强筋骨、健体魄，成就人生梦想。父亲说，执勤点虽然偏，却能养正气、固根本，提升人生境界。兄弟说，执勤点虽然远，却能增活力、激动力，展示人生风采。凡此种种，被官兵视为不可多得、极其珍贵、受益一生的"财富"。有战士总结道，生命中有了在老爷岭执勤点历练的经历，无论是三年还是五载，哪怕是三五个月，也会与众不同，硕果累累。

天上没有掉馅饼的好事，若想在老爷岭执勤点"捞实惠"，那你可来错地方了。在老爷岭执勤点要做好掉皮掉肉、流血流汗的思想准备，甚至"献了青春献终生，献了终生献子孙"。唯有如此，平凡的"小我"才能绽放出英雄"大我"的绚丽光彩。

老爷岭执勤点之所以没有"熊兵""孬种"，源于它拥有团结奋进、昂扬向上的和谐氛围。进来时哪怕是一只虫，经过历练打磨，出去的时候就是一条龙，必然会引起官兵的追捧。

守桥老爸"蛊惑"儿子参军守隧道的故事，就充分体现了执勤点的超凡"魔力"。

20世纪80年代中期，刚刚走出校门满脸稚气的辽宁小伙方云城，当兵来到刚刚成立的武警吉林省总队某支队。好不容易熬过紧张的新训生活，自己却主动申请到老爷岭执勤点为铁路隧道站哨。他的想法很"自私"，在不显山不露水、领导一年来不了几趟的执勤点混三年，复员的时候多一天都不留，夹起背包头也不回地往家走，算是给自己和父母一个交代。令他没有想到的是，执勤点比正规连队还严格，战士不想进步被逼着往前冲。

于是乎，小方被插上"梦想的翅膀"，在

寂寞得令人窒息的深山老林，开启了成就不凡的人生之旅。时光斗转星移，当初入伍年幼无知、不谙世事的小方，摇身一变，成为人见人爱，花见花开，干部见了脸上的皱纹会笑开的老方了。四年的部队生活，已经被称为老方的方云城辗转多地，看过隧道，守过大桥，当过炊事员，干过给养员，干得风生水起，几次立功受奖，后来还当了班长，入了党。若不是母亲身患重病需要照料，老方转个志愿兵再干个几年不成问题。但百善孝为先，方云城只好含着眼泪复员回家照顾母亲。在转身登车离开军营的一刹那，他转过身对战友说："这个兵我没当够，将来有了儿子，也送到老爷岭执勤点守隧道。"

当时，大家都以为方云城是一时感情冲动的戏言。哪知道，二十多年后，方云城的儿子也真的上了老爷岭。

话说，方云城离开部队二十多年，娶了妻生了儿，事业有成。随着年龄的增长，军号却时常在梦中吹响，他怀念部队，怀念战友，怀念第二故乡。军旅生涯是他和朋友之间的谈资，也是工作时向同事炫耀的资本，当每每听到"当过兵的人就是不一样"的话语时，方云城心里的那份自豪，是一般人体会不到的。

儿子渐渐长大，帅气十足。在他潜移默化的影响和支持下，儿子高中毕业也选择了当兵保卫祖国。他给儿子讲，到了部队首先要做到服从命令，听从指挥，军人以服从命令为天职；其次，不怕苦，不怕累，刻苦训练，练好杀敌本领，争当标兵；第三，团结战友，尊敬老兵，爱护新兵，所有的同志都是你一生之中的战友……

真是机缘巧合，二十多年前，爸爸是守护隧道的武警战士，如今，儿子也是一名守护铁道的武警战士，而且是在父亲当年战斗的老部队——武警吉林省总队某部老爷岭执勤点。看到儿子穿上军装，从小书生变成一个英俊帅气的兵哥哥，方云城仿佛看到了自己当年的样子。他语重心长地对儿子说："新兵下连你就去老爷岭执勤点，老爸把青春和梦想留在那里，你接过钢枪，上哨为祖国守好隧道站好岗，书写出不一样的人生篇章！"

儿子小方到部队后，真的主动申请去了最艰苦的老爷岭执勤点，并以父亲为榜样，根植深山，不怕苦，不怕累，工作抢着干，多次被评为优秀士兵和"执勤能手"，并入了党转了士官，圆了父亲建功军旅留队的梦。"父亲下哨儿上岗"的佳话在部队广为传颂，成为用身边典型事例教育激励官兵爱岗敬业、无私奉献、不辱使命的"活教材"，大家赞叹不已、感慨万千：这个老爷岭，还真是有魔力。

人生不能没有格局，青春不能没有追求。

老爷岭执勤点赋予官兵的人生格局是如山一样的气势，任凭岁月侵蚀，独守信念岿然不动；如松一样的气节，任凭狂风摇曳，坚守战位笑傲苍穹；如梅一样的气韵，任凭霜冻袭扰，目迎春天花开相伴。人生有了这种格局，就不怕失败打击，爬起来拍拍身上的尘土，继续抛洒青春不吝啬；就不怕利益考验，抬起头瞅瞅高空的白云，继续守着清贫谈富有；就不怕寂寞相随，静下心听听流水的欢腾，继续远离欢乐不言愁。

到处都是亲人的笑脸

老爷岭执勤点看似孤悬大山深处，是名副其实的孤哨，但孤哨不孤，因为他们周围到处都是亲人的笑脸，到处都是奉献青春展现爱的阵地。在执勤的间隙，老爷岭执勤点的官兵们，总是怀着对人民的爱，沿着从哨所到驻地老爷岭村的路，把服务人民、奉献社会的火种播撒到千家万户，把一腔青春的奉献之歌唱到了希望的大地和温馨的小村……

多年来，执勤点收到的每一面锦旗、每一封来信，都浓缩着乡亲们对老爷岭执勤点官兵的拥戴和热爱。

那是20世纪90年代末的一个春天，老爷岭执勤点的战士到村里代销点买牙膏、香皂、牙刷等生活物品，路过鲁大娘家门口时，看见她坐在院门口的老榆树下独自垂泪，便走到她面前询问情况。一聊天才知道，原来已经70岁的鲁大娘，丈夫去世早，是老爷岭村饱经风霜命最苦的妇女。她本不"孤"，膝下有一个儿子、两个女儿。她含辛茹苦地把三个孩子拉扯大，孩子们各自成家后，却没有一人赡养她，她只能靠种几亩薄地维持生活，成了村里特殊的"孤寡老人"。

听到战士关爱的问话，鲁大娘说："马上就要种地了，我身体不好干不了活，又拿不出钱雇人，只能眼睁睁地看着地撂荒。"

"大娘，您不要着急上火，我们帮您把地种上。"战士们呼啦地散开，有的到代销点买种子、化肥，有的翻地打垄，沉寂的小院被欢笑声打破。经过一上午的忙碌，鲁大娘家里的地被战士种上玉米、大豆等作物，了却了老人的一块心病。鲁大娘拉住战士的手，一个劲儿地说谢谢。战士们异口同声地说："大娘，不用谢，这是我们应该做的，以后我们会常来您家串门的。"

从那以后，执勤点的战士承担了照顾鲁大娘的义务。几年来，战士们一有空就到老人家里打扫卫生，种菜浇水，送药看病，为老人安排好生活起居才肯离开。农忙季节，战士们把鲁大娘家的责任田承包了下来，除草、施肥、撒药，样样不落。逢年过节，战士们总是不忘带上钱物和自编自演的文艺节目到鲁大娘家中慰问。村里乡亲们纷纷向鲁大娘投来羡慕的目光，称赞武警官兵不是她的亲人却胜似亲人，比亲儿女还孝顺。

这一年的年三十，老爷岭执勤点官兵沉浸在节日的欢乐中。突然，一个人影从营区一闪而过，朝垃圾箱跑去。这个人在垃圾箱翻来找去，不一会儿便装了满满一编织袋东西，随后扛在肩上，消失在夜色中。不速之客的一举一动，没有躲过机敏的副班长李红民的眼睛。为"捉贼捉赃"，李班长尾随其后追了过去。

不速之客步履蹒跚地穿雪地过山林，钻进老爷岭村一个破房子里。屋里很快亮起了灯，李班长借着微弱的灯光朝屋里看去，只见一个60多岁的老汉正在吃从垃圾箱捡来的剩饭、鸡骨头。李班长什么都明白了，推门走进屋里。

"孩子，我可什么也没拿。"老汉见一个武警战士站在自己面前，惊愕得不知如何解释，手里的饭碗"啪"地掉到地上摔个粉碎。

"大爷，您别害怕！"李班长把老人扶到炕上，嘘寒问暖。

交谈中李班长得知，老人孤身一人，因年老体弱丧失了劳动能力，平时靠捡破烂维持生活。看到别人家过年吃香的喝辣的，自己买不起，就到执勤点的垃圾箱捡些剩菜剩饭充饥，没想到让战士给发现了，百口难辩。

李班长心头一热，说："大爷，您先等我一会儿，我马上就回来。"

半个小时后，李班长端来热腾腾的饺子，并带来一瓶白酒，说："大爷，今儿个是年三十，我陪你辞旧岁，迎新春。"说着给老汉倒满了酒。老汉端着酒杯感动得热泪盈眶。此后，李班长开始无微不至地照顾老汉。老汉的身体不但硬朗起来，而且找了一个老伴，一起安度晚年。李班长每次来家中看望，老汉都拉着他的手激动地说："你来我家，我真是打心眼儿里高兴，执勤点的兵娃娃都是人民军队培养出的好战士！"

"武警官兵对辍学儿童胜似亲人！"谈起执勤点官兵与老爷岭村小学共同开展的"一对一"助学活动，让许多贫困学生家长心涌暖流，纷纷称赞武警官兵是播种希望火种的使者。多年来，官兵勤俭节约，帮助10名辍学儿童重新回到学校，6名学生升入中学、考入大学。

"叔叔，我想上学！"一个阴雨绵绵的秋天，战士小朱到村里参加助民劳动，到代销点避雨时，一个小女孩拉住他的衣襟，苦苦哀求小朱帮她圆了上学梦。

"这孩子命苦，爹妈没得早，由爷爷带着……"一旁的村民告诉小朱，小女孩今年8岁，家不在本村，两年前因家遭变故，从外村投奔爷爷奶奶。由于爷爷奶奶年事已高，又体弱多病常年吃药，日子过得很苦，拿不起钱供孙女上学，孩子天天守在学校门口，眼巴巴瞅着小朋友上学，非常可怜。

"孩子，咱不哭，有叔叔在，你就能和别的小朋友一样，背着书包高高兴兴上学堂。"随后，小朱买来白面、豆油，看望小女孩的爷爷奶奶，并对在场的群众说，"我每月津贴不多，但不能眼睁睁地看着孩子不上学当文盲，从这个月开始，我每月从津贴中拿出40元钱，资助孩子上学，就算是复员离开执勤点也不会中断，直到高中毕业。"在场的群众被小朱的义举所感动，表示会力所能及地为小女孩提供帮助。

在小朱的资助下，小女孩第二天便背上书包走进校园，圆了朝思夜盼的读书梦。第二年冬天，小朱复员离开执勤点，战友从他手中接过助学的接力棒，继续用真情大爱为她铺就读书成才之路。

"铁路卫士"本领大

老爷岭执勤点一茬茬官兵驻守在深山老林，年复一年守护着铁路隧道，被誉为"铁路卫士"。他们把哨位当战场，视隧道如生命的信念始终没有变，爱警营、爱隧道、爱哨位，像一颗颗永不生锈的铆钉，像一根根忠实的枕木，与寂寞相伴，和铁轨相依，守得通途畅四方，每时每刻都在用青春、热血乃至生命维护着"钢铁大动脉"的祥和与安宁。

官兵除了照顾驻地老爷岭村的孤寡老人，资助失学儿童，对村里的大事小情也挂在心上。他们不仅定期派人到村里清理垃圾，栽树种草，维护村容村貌整洁，若村民家里遇到棘手的困难，或老人生病需要就医，只要"吆喝"一声，官兵再忙也要伸出援助之手，拉一把，帮一下，将温暖送到群众的心坎上。

这年的年三十，执勤点官兵沉浸在节日的喜庆中。"笃！笃！笃！"这时突然传来一阵急促的敲门声，战士聂震急忙从房间走出来开门，见门口站着一位老乡，赶紧迎进屋里，给他倒水驱寒。

聂震问："老乡，您有什么事？"

老乡搓搓手，红着脸说："也没什么大事，我没办法解决，只好登门找你们帮个忙。"

聂震说："咱们军民是一家人，不要客气，有事尽管说。"

老乡寻思了好一会儿，说："我媳妇抱柴火的时候，不小心碰断了电线，村里的电工到外地过年去了，我又不会接电，家里一片漆黑，看不了电视，孩子们不乐呵……"

聂震说："老乡，您来对了，我懂得接电，咱现在就走。"

老乡不好意思地说："这大过年的，麻麻烦烦的，多不好！"

聂震说："老乡，不麻烦，能让您的一家亮亮堂堂地过个新年，忙点累点也高兴。"

随后，小聂背起工具包，在除夕夜和老乡奔走着……

在小聂的努力下，老乡家的电线很快接通，屋里的灯亮了起来，孩子们围坐在电视旁，兴高采烈地喊道："感谢武警叔叔，我们能看中央电视台春节联欢晚会了!"

老乡拉住小聂的手,非留他吃完年夜饺子再走。小聂谢绝说:"不了,一会儿我还要站岗,提前给您拜年,祝新春愉快,家和万事兴,年年发大财。"

目送小聂远去的背影,老乡眼里噙满了泪花。

一传十,十传百。乡亲们很快知道执勤点的新兵小聂会接电,遇到"跳闸""爆丝"等故障都找他帮忙。小聂有求必应,针对乡亲们出行不便,还自学了家用电器修理技术,极大地方便了群众。村里遇有重大节日搞庆祝活动,都要把小聂和执勤点的战士邀请过去,与村民共同分享快乐。别小看这邀请啊,这可是把战士们当成了真正的子弟兵,从内心深处当成了一家人。得到这种认可,战士比立功受奖还要高兴。

再说战士窦小宝吧。他当兵前就是家乡颇有名气的艺人。入伍来到老爷岭执勤点后,被选为文艺骨干。在与驻地群众进行军民共建中,他发现一些群众仍执迷不悟搞封建迷信,烧香求神的现象有增无减,给社会治安、生产生活带来负面影响。要想把科学根植于群众的心中,需要通过宣传精神文明加以引导。小窦发现这一现象后,立足群众身边发生的真人真事,利用业余时间创作了小品《大仙不显灵》、相声《封建迷信》等文艺节目。他通过排长带领战士入村开展便民劳动等机会,在农户家中表演自己创作的节目。他的作品以喜闻乐见的形式对社会的一些道德失范、拜金主义、封建迷信等各种丑恶现象进行了批驳,引导群众做文明新人。

窦小宝在台上的精彩表演,让大家笑声不断的同时,不由得竖起大拇指:"老爷岭上的兵,咋啥都会呢?!""这些铁路卫士,不光是守铁道尽心尽力,其他本领也都那么大啊!"

窦小宝不但是精神文明的宣传者，也是精神文明的实践者。入伍三年来，他先后用自己为数不多的津贴资助3名儿童重返校园，还经常到驻地敬老院为老人洗衣服、讲故事，用子弟兵情温暖老人的心，被誉为"精神文明的播火者"。小窦通过宣传精神文明，有效地促进了驻地村屯风气的好转。在他的感召下，广大群众纷纷向不文明行为告别，掀起订阅报刊参加科技知识学习的热潮。

从20世纪80年代末开始，老爷岭执勤点与驻地小学在暑期共同开办少年警校。除了针对孩子们开展军训以外，还特意开设了森林防火灭火常识课，并经常组织小学生到群众家中宣传，表演防火小节目，督促家长遵守防火条令。

这年5月，正值森林防火紧要期。执勤点的战士到一户居民家中宣传森林防火知识，听到一家三口这样说：

"爸爸，您得戒烟！"

"戒烟，戒什么烟。老子就这一个爱好。小家伙，人不大，管事不少。"

"不嘛，不嘛，您就得戒。"

"呜呜，妈妈，爸不听武警叔叔的话。"

"孩儿他爸，你就把烟戒了吧。这是他们少年警校的规定，为孩子着想，也为了让大森林免遭火灾的侵害，保住咱的家，咬咬牙就戒了吧。"

"孩儿他妈，你说得对，我戒！我戒！武警战士宣传防火，是为了咱们好，必须配合！"

心中有盏红灯笼

过年不挂红灯笼。

这是老爷岭执勤点不成文但所有人必须要坚守的铁律。这一规定，与他们所担负的任务有关。

又到春节了，排长刘国峰领着战士早早地在营院的大树上挂上红灯笼，准备欢欢喜喜、红红火火、热热闹闹地过个新年。天刚擦黑，战士准备吃接年饭，铁路部门的同志找上门来，让把挂在树上的大红灯笼拿掉，原因是影响火车通行，容易让司机产生错觉，以为是红灯呢。

由此，执勤点营区过年不再挂灯笼。但官兵们把灯笼都挂在了心中。心中那一盏火红的灯笼里，有着太多太多的寄托和情思——那里面有着对祖国和人民的忠诚热爱，也有对铁路哨所深深的情，更有对未来岁月的美好憧憬与期待。

挂不挂红灯笼，这不影响官兵辞旧岁迎新春的心情。

为了让这些远离亲人的战士感受到家的温暖，排长、班长、骨干煞费苦心，精心准备了一道融"吃、喝、玩、乐、学"于一体的春节文化大餐。

新年到来的前一个月，排长会以全体官兵的名义，给每位战士的父母写一封慰问信，除了送去满满的祝福，主要介绍战士的工作表现和个人进步情况，若战士家有困难，大家都会伸出援手力所能及地帮助解决。慰问信被战士亲切地誉为"连心家书"。

这一年的春节前，刘排长发现战士颜朝晖闷闷不乐，便找他谈心。小颜告诉他，家里遭受水灾粮食减产，父亲一着急生病住进了医院，花了一大笔医药费，家里难得连年都过不起。刘排长一边安慰小颜不要着急上火，天大的困难都会解决；一边将班长骨干召集到一起，研究解决对策。刘排长话音刚落地，大家就你掏五十，他拿一百，凑了三百元钱随慰问信一同邮到小颜的家里。半个月后，小颜收到父亲的来信，这才知道排长和班长偷偷地给他家里寄了钱，家里人才算过了一个舒心的年。捧着家里的来信，小颜感动得不知说什么好，转过身去泪水潸然而下。

把读书作为丰富节日生活的一项重要内容，让年味散发出浓郁的书香，是老爷岭执勤点沿袭多年的好传统。怎样能让战士过一个有意义的春节呢？排长有高招啊，他事先在公示板上张贴启事，征集丰富节日文化生活的"金点子"。战士小胡在留言板上说，平时因工作忙，个人很难静下心来"充电加油"，建议执勤点利用7天长假开展"我读书、我快乐"的主题活动。

负责搜集整理战士建议的小邹在汇总会上说："去年春节长假，我一口气读了《战争论》等5本书，不仅充实了节日生活，还开阔了眼界，增长了见识，在支队举办的演讲赛中拔得头筹。今年春节前，我早早地请假到吉林市书店备足了喜爱的'年货'，准备挤出几天时间读读书，争取再为中队多拿几个奖项。"

节日"充电"，别样精彩别样年。执勤点因势利导，号召战士多读书、读好书，党员和班长通过自购和代购等方式淘到一批好书。战士对读什么书、怎么读各有侧重。文化基础薄弱的战士，准备利用节日学习军事、地理常识；刚调整到班长岗位的骨干，把了解掌握带兵艺术作为学习重点；党员则把增强党性修养作为读书重点。节日精神大餐还没等开宴，早已芳香四溢，令人垂涎。

因过年吃的、喝的、玩的，由中队统一配送，执勤点不用购置年货，只负责装扮营区，组织战士开展各种娱乐活动。新兵在老兵的带领下，在宿舍挂上气球，在窗户上贴上福字，在门上、墙上贴上春联，整个营区洋溢着浓浓的节日氛围。

每逢佳节倍思亲。为使战士们能够吃上一顿香喷喷的年夜饭，能够看上一场完整精彩的春节联欢晚会，能够在这个特殊的时刻用电话给家人报个平安，在中队干部的带领下，党员骨干纷纷走上三尺哨台，替战士站"年夜饭哨""钟声岗"，让长年奋战在执勤一线的战士们充分感受春节的气氛和军营大家庭的温暖。上哨执勤的过程中，党员干部骨干身姿挺拔、目光警惕、精神昂扬、履职认真，成为节日军营中一道亮丽的风景线。

新兵小朱入伍前，每年年夜饭后，就会和家人一起看春晚、放鞭炮、守岁，直到深夜才睡觉。原本还很担心除夕夜站岗，不能观看春晚，来到老爷岭执勤点后，这个顾虑彻底打消了。虽然不能回家，但还能像往常一样看春晚，通过电话与家人聊天，将新年过得有滋有味。

战士们一起包饺子也充满了乐趣。排长将战士分成和面组、剁馅组、擀皮组和包馅组，各组按分工抓落实。没有菜板，在书桌上面铺上塑料布，既剁肉又揉面，一桌多用；没有擀面杖，用酱油瓶子代替，擀出的皮儿大小不一、薄厚不均。再看包出的饺子，有的像烧卖、有的像馄饨、有的像小笼包，造型千奇百怪，下到锅里一煮，很快成了面片汤，味道真是好极了。

大年初一，干部战士凑到一起展开扑克、棋类大战。奖品虽然只是钢笔、圆珠笔、糖果等小物品，但大家却毫不相让，赢不到奖品就觉得没面子。下点的中队指导员见战士玩得投入，也参与进来，玩起了扑克游戏，不一会儿大家手里的糖果输得所剩无几。有人不服气，说："指导员耍赖，手里的牌把把有红十。"指导员对大家说："牌技好坏不重要，重要的是要练出一招制敌的真本领……"

营区过年不挂红灯笼，但官兵们的心中有盏期盼祖国兴盛富强、人民平安幸福的红灯笼。有了这盏红灯笼照在心头，一家不圆万家圆，一人辛苦万人甜，这是他们坚定的担当。一年365日，多是横戈马上行，这也是他们无悔的选择。因此，"哨位有我、祖国放心"从来都不是一句用来空喊的口号，而是老爷岭执勤点官兵用牺牲奉献去践行的使命与信条。为让更多的家庭能够安享团圆之夜，他们义无反顾地坚守战位，执戈戍守；在春节的万家灯火中，有他们的父亲、母亲、妻子、儿女，为了亲人的日夜平安，"铁道卫士"甘愿成为那抹不起眼的守望着万家灯火的绿色。

风雪能够打湿战士的衣襟，让他们的眉毛结上冰碴，却也让战士更懂得守望的意义——为了守卫丰年，即使成了"雪人"，热血依然沸腾；为了守卫隧道，哪怕天寒地冻，手中的钢枪依然紧握。

因为，他们心中有盏象征着幸福和吉祥的、神圣的红灯笼。

车上车下总关情

可以闭着眼睛这样想象一下——在一个夜幕初垂、晚霞将天空染红的傍晚，一群年轻的武警战士吃过晚饭，拎着马扎坐在营院里，有说有笑地欣赏铁道线上或满载货物，或满载旅客，或是白色，或是绿色，从眼前疾驰而过的火车，这样的生活是不是充满节奏感？

如果这样想，那就一叶遮目，不见泰山。老爷岭执勤点的生活并非充满诗情画意，陪伴战士们更多的则是无法摆脱的孤寂，"组团"看火车，只是他们寻找生活乐趣的其中之一。

老爷岭执勤点不是"孤岛"胜似"孤岛"，高耸的群山将它与外界隔离开来，打不了电话，看不了报，耳畔一年四季山风号叫。但是，孤独战胜不了忠诚，寂寞淹没不了梦想，战士们用独有的审美情趣，在深山老林里弹奏出一曲曲与青春同频共振的欢乐之歌。

有人可能会问，汽笛声震耳欲聋的火车有啥可看的，瞅一眼都头疼。其实不然，从战士眼前疾驰而过的不是火车，而是与外界紧密相连的桥梁纽带。在战士们看来，十几秒的凝视，也可以了解到山外的千变万化。旅客看到在幽深的隧道洞口，驻守着一群忠实履行使命的军人，同样也是一道靓丽的风景。

老爷岭执勤点的战士之所以在傍晚看火车，除了饭后自由活动时间充裕，更多的是在这个时间段过往的客车多一些，他们能与旅客挥手互动。尤其是到了夏季，旅客会打开车窗，同战士进行简短的问候交流，战士如同见到了亲人，高声呼喊"您好""祝旅途一路顺风"，场面其乐融融，感人至深。

火车也是流动的课堂。战士可透过一辆辆满载粮食、石油、煤炭等重要货物的货车，感受祖国日新月异的发展变化；透过旅客身上穿的服装和脸上的幸福笑容，感受时代大潮滚滚向前的澎湃律动。看到这，战士的心田就会涌满自豪感，更加坚定了守护好钢铁大动脉的信心和决心，在三尺哨位建功立业，报效国家，不负身上穿着的"橄榄绿"。

战士眼中的火车不仅仅是移动的风景，更是情系亲情使命的诗与远方。战士与火车间还发生了不少感人的故事。

20世纪90年代中期一个夏日傍晚，上等兵孙大宝像往常一样拎着马扎坐在院子里看火车。这时，从图们方向驶过一辆开往长春方向的客车，小孙不停地挥手向旅客致意，车上的旅客也向他摆手。

"宝儿，我是妈妈！"

就在火车头钻进隧道的一刹那，孙大宝听到后面的车厢有人喊自己的名字。他循着声音找去，一个熟悉的面孔映入眼帘，是妈妈在向他挥手致意。毫无思想准备的小孙瞬间热泪盈眶，有很多话想对妈妈说，无奈车速太快，眼瞅着妈妈坐的那节车厢就要钻进隧道，情急之下，小孙大喊了一声："妈妈，我爱您！"然后向火车敬了一个标准的军礼。

妈妈也泪流满面，叮嘱小孙说："儿子，不要惦记妈妈，我很好，你要在部队好好干……"

对话惊动了其他战士，大家不约而同地站起来，向小孙的母亲敬礼，并被这场只有十秒钟的特殊母子相会感动得泪眼婆娑。

在老爷岭执勤点，每位官兵都有感人的故事。上等兵胡东来自辽宁省海城市西柳镇，入伍前是做服装批发生意的个体户。他当兵的目的就是想在部队多学些文化知识，复员后干一番大事业。新兵生活结束后，他被分到老爷岭执勤点当了"铁道卫士"。起初，小胡看到自己整天与隧道为伍，一日三餐上哨下哨，总是提不起精神，觉得没啥干头，产生了"当兵吃亏"的念头。中队侯指导员主动跟他谈心拉家常，讲述执勤点一茬又一茬官兵立足哨位无私奉献，为地方经济发展做贡献的故事，教育启迪他。

一年夏天，胡东在站岗时，一名旅客打开车窗给小胡丢下一个纸袋。下岗后，小胡把纸袋打开，里面包着一瓶矿泉水和一封信，信上写道：尊敬的武警战士，炎热的夏季你们坚守在岗位上，真的很辛苦，为了表达我对你们的敬意，把这瓶矿泉水送给你，希望它能给你带来凉爽。从此以后，强烈的责任感使小胡改变了当守隧道兵丢人的看法，他决心在哨位安下心扎下根，争当一名"铁道卫士"。

感动时时发生，真情随时上演。二十年前的一个冬天，一位从北京乘火车到延吉做生意的客商在上厕所时，不慎将挂在腰间的手机掉进便池滑出车外。一部手机对客商来说算不了什么，但里面储存的客户电话号码是无价的，如果与客户联系不上，生意就做不成，损失可就大了。他当即向列车乘警报案，乘警通过车载电话与附近的老爷岭执勤点官兵取得联系，请求派人帮助寻找手机。战士立即沿铁路找手机。当时天空下着鹅毛大雪，能见度特别低。为了不使客商失望，官兵边扫雪边找手机。飕飕的冷风把他们的手指冻得冰凉，身体也瑟瑟发抖。两个小时后，终于在几千米外的铁轨旁找到手机。当铁路部门的同志把手机交给客商时，他激动地说："武警战士，好样的！"

在画家眼中，处处风景如画；在诗人眼里，风景如诗如画；在作家笔下，风景则会化作一个个动人心魄的故事；在旅客心中，老爷岭执勤点的战士则是巍然屹立的山峰。

"谎言"背后是亲情

老爷岭执勤点的战士绝对是编"瞎话"高手，尤其是对亲戚朋友，从来不吐真言、唠实嗑，给人留下"忽忽悠悠"的印象。不过，令人匪夷所思的是，亲戚朋友对战士的编"瞎话"行为，不但不反感斥责，还表扬说战士在部队这所大学校的培养下，长大了，成熟了，懂事了，不用操心了，将来复员走上社会肯定吃得开。真是奇了怪了。因为战士们那些谎言的背后，都是浓浓的亲情和深深的爱。

新兵下队后，郑云光因文笔好又勤快，被指导员相中。指导员准备把他留在中队部，年底文书复员后让他接班。但小郑婉言谢绝了指导员的一番好意，主动申请到老爷岭执勤点锻炼。在他看来，军人就得上战场、上哨位，在温室里历练不了筋骨，更学不到十八般武艺。

来到执勤点，他才发现这里比想象的还要艰苦。当时的房子很破旧，而且很难找到可以饮用的水源。为满足日常生活需要，每隔两天就必须到三四千米外的铁路站点取水，然后徒步将水提到哨所，每次往返大概需要两个小时，累得人满头大汗。

小郑白天站岗放哨感觉还好一些，晚上面对四周的群山以及隆隆的火车鸣笛声时，莫名的孤独感便涌上心头。一次，他到村上的代销点买牙膏，见有固定电话，就给家里打了个长途。很长时间没有给家里打电话的他，听到母亲苍老的声音，眼泪情不自禁地流下来。他内心曾经纠结过，甚至因为受不了执勤点异常恶劣的气候环境也曾想过离开，但想到这身军装，还有母亲的叮嘱，他就坚持了下来。

为了不让母亲担心和牵挂，与母亲对话时他专拣好听的说。

母亲在电话中问："儿子，部队生活苦不苦？"

小郑语气坚定地说："妈妈，部队一点也不苦，我们在风景区执勤，景色特别美！"

母亲接着问："住的条件好不好？"

小郑笑着说："我们住的是别墅式营房，各项设置一应俱全。"

母亲继续问："吃的咋样？"

小郑回答说:"每餐四菜一汤,还有水果,我都吃胖了,班长让我减肥,怕跟不上训练。"

母子一问一答,电话里不时传来欢笑声。

其实,小郑清楚自己在说假话,用善意的谎言逗母亲开心,让母亲放心安心。

执勤点夏天热似蒸笼,冬天则冷得要命,夜里站哨,要么被蚊子叮一身包,要么被冷风冻得透心凉,但他从没有喊过一声苦叫过一声累,以当一回兵终生不服输的韧劲儿,咬牙坚持到复员。

这就是老爷岭执勤点官兵编的"瞎话",虽然不是他们的本意,但为了不让亲人牵挂担忧,只好硬着头皮讲一些"听了让人心花怒放的美言",报喜不报忧,展示出的是心灵之美。

一年元旦,执勤点的一个老士官向中队请假,回去同处了五年、只见过两次面的未婚妻结婚。中队长、指导员当即准假,让他火速回家成亲。当天,他乐颠颠地踏上归乡的旅程。

刚走到老爷岭火车站,排长就从后面追了上来,满头大汗地对他说:"班长,指导员让你立刻赶回中队,说有培训任务。"

"急不急?我得发电报告诉家里一声!"老士官的心瞬间哇凉哇凉的,第一反应是如何向未婚妻解释。要知道此前他已写信通知家人,说不定此时亲朋好友正聚在家中,等着他回去和未婚妻拜天地。在东北农村,结婚吉日一旦定下来,就算下瓢泼大雨,婚礼也得照常举行,如果新郎不到场点烟、敬酒,家人就会觉得没面子,宾客们也会感到很尴尬。

排长告诉老士官,半个小时前接到支队通知,点名让他带领骨干到总队参加培训,今天就出发。老士官深知培训的重要性,对排长说:"你用内线给中队文书打电话,让他到邮局替我往家里拍封加急电报,内容是'部队有急事不能回去,婚礼后延',我到支队受领任务,这样两不耽误。"

算上这次,老士官已是第三次推迟婚期,前两次也是被任务打断。不过,在他再三的解释下,未婚妻还是原谅了他。但这次未婚妻能不能翻脸,老士官心底没数,做好了挨骂甚至分手的准备。

半个月后,老士官培训回来,同时也接到未婚妻的来信。在拆信前,他的心忐忑不安,最担心的是看到伤心、失望、分手等字眼。不过,看完信,老士官紧锁的眉头展开了,他打电话对中队长、指导员说:"没事了,赶紧给我批假,继续回家结婚。"原来,未婚妻在信中说:"让你骗了两次有经验了,啥时你进家门,再择吉日摆酒席办婚事。"

临上火车前,送站的战友问他:"这么大的事儿,咋不拍电报告诉家里一声?"

老士官翻了翻眼珠子,说:"还敢告诉,若是再半路召回,我可真是名副其实的'骗子'了,还是留点回旋余地为好!"

心会跟爱一起走

　　这个故事发生于1988年7月，地点在老爷岭单独执勤点。
　　执勤点林密树茂、人迹罕至，这里通往山外的道路是战士们砍倒荆棘修的，小路迂回于乔木与松杉之间。
　　故事的男主人公是老爷岭执勤点的志愿兵曹文君，他与千里之外的洮南县女青年小章恋爱5年，因执勤繁忙始终没见上一面。就在两人鸿雁传书互吐相思之情时，小章的母亲突然下了最后的通牒：要求他们俩在一个月内必须结婚，否则小章另嫁他人。小章惊出一身冷汗，要知道母亲一直反对他俩的婚事，说小曹是个穷当兵的，嫁给他享不了什么福，就一直从中阻拦。若不是小章铁心坚持，母亲早就把她嫁给了有钱人。如今给出一个月的结婚期限，小章不知道母亲又想出啥歪主意。

当时电话还未普及，写信又说不清楚，她决定当面同未婚夫敲定洞房花烛之日。

小章从洮南乘4个小时客车赶到长春，一打听，小曹所在执勤点在蛟河老爷岭，她恨不能立即飞到执勤点见到心上人。

第二天清晨，小章大清早从长春乘火车到吉林，然后换汽车，走走停停，终于在天黑前到了老爷岭执勤点。

在森林中耸立的两排简易营房前，小章定了定神，借着依稀可见的亮光掏出指路人留下的纸条反复看了看，确定这里就是老爷岭执勤点后，恐惧的心理才稍稍平静。这时，从营房内传来令人激昂的歌声，小章喊了两声，然后径直推开屋门……

"呀，是嫂子来了！"

"咋不打个招呼？"

一阵爆竹般的问候，让小章、曹文君班长暂时忘了彼此的紧张。在微弱的灯光下，战士张罗出一桌晚餐。

席间，唯有两双眼睛静静地读着对方的心，其中有小章爱怜的目光，也有小章欣喜、责备的神情。忙着做菜的三名战士，嘴里则不停地唠叨："菜太简单了。"

夜里，小章一个人睡在里间，曹班长和其他战士睡在外间。曹班长翻来覆去睡不着，他想，自己作为老爷岭执勤点的班长，不能因儿女私情违犯军纪军规，决心天一亮就送女友下山，同时向中队报告情况。

早上4时，晨曦从窗外洒到屋里，曹班长迷迷糊糊地睡着了。一阵鸟儿的啼叫，像是起床号惊醒了曹班长和战友们，为了不惊动小章，大家轻轻地下床出屋。晨光下，他们却看到了小章在菜地拔草的身影。

老爷岭单独执勤点组建多年了，小章是唯一在这里留宿的女性，而且是一位顶着家庭压力、跋涉千里赶来与未婚夫见面的痴情女。战友们纷纷冲向菜地抢锄头、送毛巾、送开水，嘘寒问暖。曹班长在旁边拼命地用手拔着野草。突然，曹班长跳了起来，双手使劲儿地抠着脸颊，原来他拔草碰到了土蜂窝，大家急忙回到了屋里。

　　小章不顾少女的羞涩，搂着曹班长一边用手轻轻揉着他脸上逐渐隆起的伤处，一边柔情似水地诉说着五年来的相思之苦："文君哥哥，咱们上学时，你是文体委员，我是学习委员，每次学校搞活动，你是最活跃的一个。后来，你要当兵，我就想跟着当兵，可部队招女兵太少。这几年，我给你写了那么多信，却只有逢年过节才收到回信和你做的蝴蝶标本。这些年，为了照顾你有病的父母，我瞒着爹妈开了一个服装店，起早贪黑地挣钱帮你们家，就盼着你在部队安心工作，早日回来，安家度日。你每年寄回来的优秀士兵奖状，我都小心地贴在墙中央。有很多人明知我和你的关系，却总托人来提亲。有个做生意发了财的青年，用钱财打动我不成，又去说服我的父母，没想到母亲竟以死相逼让我跟你分手。最后，我想尽了各种办法，做通了母亲的工作，好不容易张罗着跟你结婚，酒席帖子都发了，亲友邻居都来了，你为啥就不回来？母亲是要强的人，这次铁了心要拆散我们，我是偷偷跑来的，我不想要荣华富贵，不要嫁妆，不要新房，就要和你在执勤点成亲。你和部队领导说一说，让我在这里帮你们洗衣、做饭、种菜，我不要工资，只要和你在一起，照顾你们就行。"

曹班长望着小章憔悴的面容，满含愧疚之情道出心里话："章妹妹，这些年你为我吃了很多苦，受了很多委屈，我心里十分清楚，可执勤点的事太多，一个萝卜顶一个坑，实在是抽不出身来，回去跟你分担。就说上次结婚的事，本来领导给假了，都马上要上火车了，关键时刻支队组织比武，我是中队的训练尖子，被点名要求参加，在事业和感情面前，我只能忍痛做出选择，好在你能理解支持，换了别人早就与我分道扬镳了。这次你突然造访，我猜八九不离十是来'逼'婚的，你的遭遇、你的心情我十分理解，明天我先跟中队干部说说，如果同意我结婚，我就回去跟你办手续定吉日，实在是抽不开身，先想个两全其美的办法，把结婚的事给圆下来，待年底休假再结婚。"

消息传到了中队，党支部根据实际情况研究决定，同意曹班长休假陪小章回家完婚。

失恋不改从戎志

老爷岭执勤点的傍晚特别美，宛如微醉的少女，脸颊绯红。

这个时候，战士们都要拎着马扎坐在营院里，或欣赏夕阳西下的美景，或闭目遐想军旅生活快乐的过往，或述说想念远方亲人之情……总之，每个人的心情都美美的。

"咯咯哒、咯咯哒、咯咯哒……"

"你是不是吃饱撑的，小鸡也没得罪你，怎么用石子打它！"

"该死的小鸡一天到晚咯、咯、咯叫个不停，听着就烦！"

突然，急促的鸡叫声、班长严厉的斥责声、战士侯林的辩解声，惊扰了大家的雅兴。战士们循声看去，只见小鸡仓皇地逃向树林，班长掐腰怒目圆睁，小侯撸胳膊挽袖子，大战一触即发。

战士们赶紧围过去将他们拉开。班长消消气，对小侯说："我理解你失恋的心情，但也不能拿小鸡撒邪乎气，在处理感情危机方面，你得向马排长学习，他可是调节失恋情绪的专家。"

"啥？马排长身上有故事，我不相信！"小侯吃惊地看着班长。

"你别不服气，马排长正确处理感情与事业的故事，三天三夜也讲不完，若是拍成电视剧，收视率得噌噌往上涨。听我慢慢讲来……"班长拉小侯坐在身边，娓娓道出马排长失恋的故事。

在没有下老爷岭执勤点之前，马排长一直工作在距中队部只有几千米远的松花江铁路大桥执勤点。因忙于工作，马排长的婚姻大事被耽搁下来，他也进入大龄青年的行列。不过，在中队指导员的撮合下，马排长认识了吉林市一名刚毕业的女大学生。两人接触后，感情迅速升温，碰撞出爱的火花，一日不见如隔三秋。

一年后，就在两人准备谈婚论嫁时，因老爷岭执勤点的排长调整到机关，中队一时抽不出干部，便把马排长调整到执勤点。出发前，女友对马排长说："不要惦记我，安心工作，我会给你写信。"马排长内疚地说："军人四海为家，有任务打起背包就出发，当兵这么多年习惯了。我会好好珍惜这份情缘,带领战士站好岗、建好点,随时欢迎你的到来。"

到了执勤点,马排长一头扎进工作中,白天与战士同站岗、同劳动、同训练,晚上还要查铺查哨,忙得脚不沾地。不过,马排长无论怎么忙,都要抽出时间给女友写信,诉说思念之情。女友也是来信必回,有时还从吉林市坐火车到执勤点看他。

女友是深爱马排长的,但漫长的等待最终还是让她心灰意冷。一年后,马排长怀着激动的心情,请假回吉林市同女友商量结婚事宜。当他见到朝思夜盼的女友时,从她冷冷的表情察觉出感情有变,但出于礼貌,还是耐着性子聊下去。

"要想同我结婚有两个条件,一是调出老爷岭执勤点回吉林市工作,二是转业脱下军装回地方,否则一切免谈,我不想过两地分居的生活。"女友冰冷的回答,令马排长的心为之一颤,他怎么也没想到苦苦的追求,换来的竟是分手的结局。

马排长沉默了。他舍不得离开执勤点的战士,舍不得钟爱的守护钢铁大动脉的事业,更舍不得脱下身上的军装,他宁肯在感情上受损失,也不能愧对组织的关心培养。想到这,马排长没有祈求女友理解,而是道一声"保重",随后转身回到老爷岭执勤点。

班长见小侯听得津津有味,便让他谈感

想:"马排长的故事感不感人？听后思想受没受到触动？"

小侯拍胸脯说:"马排长失恋不失志，依然和战士一道坚守哨位，令人佩服。下一步我要向他学习，调整好心态，争当'执勤能手'，看我的行动吧！"

班长将他一军，说:"光说不练，丢人现眼。"

"不要阻拦，我现在就来了热情！"小侯还没等把话说完，便拎起泔水桶朝猪圈跑去。

"这也太夸张了！"院子里的战士乐得直捂肚子。

有人说，在老爷岭执勤点当兵，必须在感情上受些挫折，才能赢得女孩子的芳心。话虽然有失偏颇，却也道出官兵的艰辛不易，毕竟在远离人烟的深山老林，"军功章的另一半"唯有信任、理解、支持军人，才能经受住寂寞的考验，携手并肩，共同完成好保护钢铁大动脉的神圣事业。

那年春节，河南籍士官小柴收到女友来信，催他休假回家商量结婚事宜。快要奔三十的小柴做梦都想组建属于自己的小家，立即向中队干部做了汇报。考虑他的情况特殊，中队急事急办，当天便向支队打报告，报告很快批复下来。

次日早晨，就在小柴准备乘车到吉林转火车时，执勤点的一个老兵突然接到"母病危"

的加急电报。一边是急着回家尽孝的老兵，一边是急着回家结婚的骨干，执勤点人员少，不能一下走两人，让谁走不让谁走，中队干部犯了难。

"眼下老兵刚退伍，中队兵力紧张抽不出人来替岗，战士每天都站重班哨，况且老兵的事儿比我急，还是我留下来执勤吧。"就在中队干部左右为难之际，小柴的一句话，令干部和老兵心涌暖流。

春节过后，新兵下连执勤兵力充足，中队再次安排小柴探亲休假。当他满脸喜色，兴冲冲地走进家门时，从父母口中得知女友已在两周前嫁人。小柴对父母说："家事重要，国事更重要，孩儿不能因为儿女私情，耽误了部队和战友的事。"听着儿子的肺腑之言，父母的脸上露出笑容。

你爱哨所俺爱你

哨所，军人事业的家园。

爱情，军人情感的家园。

俗话说，鱼和熊掌不可兼得。有的时候在某一方面投入太多，往往会忽略了另外一个方面，事业和爱情也是如此。若想两者相互促进砥砺前行，需要付出时间和精力来经营打理，处理好"大我"与"小我"的辩证关系，这样事业和爱情才能双丰收。

受任务限制，老爷岭执勤点的官兵处对象不能花前月下，卿卿我我，只能通过书信或电话倾诉相思之情。因此，执勤点有条不成文的择偶规矩，这就是不看重女方相貌、家境、收入，把有品德、有爱心、有担当，孝顺贤惠，理解军人，支持国防事业的女青年作为首选，由此缔造出一段段感人至深、催人奋进的爱情佳话。

就说士官夏小满吧。这一年春节，已是大龄单身青年的他，被中队撵回家中休假，如果找不到军功章的另一半，归队后就要做好检讨挨批的准备。小夏带着压力回到家中。过年的前一天，他经人介绍认识了村小学刚参加工作的李老师。小夏以军人特有的气质魅力牢牢地吸引了李老师，李老师以特有的温柔贤惠牢牢地占据了小夏的心扉，爱情的火苗瞬间烈焰升腾，两人频频约会，很快达到"今生非你不娶，今生非你不嫁"的地步。

归队后，小夏向中队干部汇报了婚恋任务完成情况，指导员闻后大喜过望，表扬小夏落实指示坚决，要求他抓紧推进，再休假时步入结婚殿堂。小夏信心满满地说："指导员，请您放心，我一定发扬执勤点官兵雷厉风行的作风，早日请大家吃喜糖。"

随着老兵复员的临近，中队干部多次找小夏谈话，希望他留队晋升三期士官。"我要是留队，女朋友这一等就是几年，她能理解吗，况且自己是城市户口，回去安排工作，留与不留价值等同。"小夏越想越心慌，他怕失去心爱的女友，情急之下想了一计"歪招"：写信委托同学到镇里办特困证明。

不久，小夏收到女友的来信，与以往不同

的是，这次信封上用红笔画着一颗分离的心。这是何意？小夏预感不妙，赶紧拆信展读，一行娟秀的字体映入眼帘："中队留你是部队建设需要你，如果你真的不能以大局为重，利用不正当渠道办退伍，那么我们只好各奔东西，只有献身国防的军人才值得俺去爱……"

看完信，小夏打了一个冷战，意识到女友逼他留队，一定是知道了他找同学办特困证明的丢人事，对自己很不满意，导致恋爱出现危机。他越想越后怕，急得满嘴起泡，不知如何解决。

令小夏颇感意外的是，女友为了让他继续留队做贡献，在之后的两天内，连续给小夏写了三封"逼"他留队的信，如果不服从"命令"，立马一刀两断，各奔东西。经女友劝导施压，小夏茅塞顿开，向中队递交了留队申请。后来指导员知道了这件事，批评小夏说："你是因'骗'得福啊，女友不仅有一颗金子般的心，而且鼎力支持你在部队干事业，偷着乐吧！"

"你守护国家，我守护我们的爱情。"20世纪90年代末的一个春天，在老爷岭执勤点发生了这样的一幕：地方女青年小赵千里"追兵"到东北，同士官小栾在哨所举行了特殊的定亲仪式。没有鲜花簇拥，也没有美酒相陪，战友用祝福掌声为他们作见证。但他们的幸福指数一点也没有受到影响。

小赵和小栾是同学。高中时，两个人曾在同一个班里待了一个月，后来因分班才有了距离。情窦初开的小栾见到小赵的第一眼便擦出爱的火花，喜欢上了她。但那时小赵心思全用在学习上，对小栾频频投来的"秋波"，毫不知情。

之后，小赵考上大学，落榜的小栾来到老爷岭当兵，杳无音讯的小赵也被小栾封存进梦中，不再提起。按说"你走你的路，我蹚我的河"的两个人，此生应再无感情交集。然而，有时候因茫茫人海的一次擦肩而过，竟能续接最初的懵懂心绪。

一次，小栾回家探亲，偶然间打听到了小赵的消息，知道她在县城工作，发展得特别好。于是，早已熄灭的爱情火花在小栾心中再次燃起，他找来了小赵的联系方式，以军人特有的勇气向她发起进攻。

一来二去的沟通，小赵从小栾身上看到了军人的真挚与洒脱，也感受到了小栾的人格魅力。但这个"爱"字小栾始终难以说出口，毕竟自己只是一个高中毕业的"大头兵"，小赵是公职人员，他和她根本不在一个起跑线上。"很不般配"，一想到这儿，小栾就气馁摇头。

"爱的力量叫勇气，你难开口我追你！"小赵读懂了小栾的心事，她坚定地向前走了一步，排除压力选择和小栾在一起。

最先站出来反对的是小赵的父母。凭什么优秀的女儿要到东北和一个穷当兵的处对象？父母向小赵铺展了一幅异常美好的画卷：县城靠近省城，找省城对象，在省城安家，回娘家方便，工作稳定，衣食无忧，多好。

亲情的压力接踵而来，小赵家里引发了一次又一次"地震"。无论亲友怎样苦口婆心，小赵的答复就一句话："我就看中了他！""谈话"逐步升级，在重重压力之下，小赵毅然决然地远赴东北，向小栾表白爱的心迹，于是便发生了"准军嫂千里追兵到东北，执勤点见证真爱情无价"的感人一幕。

小赵在定亲仪式上满含深情地说："家人觉得我找了个'三无'男友：无房、无车、无存款。我却深信自己选了个'三有'兵哥：有志、有情、有能力。"

第三辑
青山绿水都是情

老爷岭执勤点是山高地偏的"孤哨",一年四季陪伴官兵们的是无边的寂寞和艰苦,但老爷岭自有老爷岭的风流,更有属于老爷岭的"风花雪月",还有不请自来的各种不速之客:闪电、蚊子、"花大姐"、流浪狗……这都是执勤点的来自大自然的"芳邻",它们给老爷岭执勤点增添了乐趣和诗意,让小小哨所成为大自然最美的一部分,也让官兵们成为风景中的风景。

"风花雪月"卫士情

罗丹说:"生活中不是缺少美,而是缺少发现美的眼睛。"

同样,在老爷岭执勤点待久了,就会发现这里的风、花、雪、月,并非外界所说的是艰苦的代名词,而是别具风情,有种与众不同的美。

铁路职工说:"再美也美不过老爷岭执勤点的战士,他们身上散发着军人的忠诚之美、奉献之美、奋斗之美、阳刚之美。"

老爷岭的风虽然硬,但硬不过武警战士的满腔报国情。老爷岭虽然山不是很高,但一年四季总刮风,而且夏季太阳毒辣,战士常年站岗执勤风吹日晒,脸上起了一层皮,继而面色黝黑,帅小伙变成"黑泥鳅",看上去让人非常心疼。环境改变的是战士的容颜,但改变不了战士的赤胆忠心。

颜值不高给正处于青春芳华的战士们添了不少烦恼，尤其交女友谈恋爱，必须经历几轮波折，确切地说遇到痴心国防的女青年，才能有情人终成眷属。

20世纪90年代末的一年春天，士官魏东昌回家探亲，经人介绍认识了外村一个叫李娜的姑娘。初次见面，小魏第一眼就相中了她，李娜对他也是情有独钟，两人频频约会处得火热。令小魏意料不到的是，李娜的父亲竟人为设障，以人长得黑为由，让他拿5万元彩礼补偿，并购置金戒指、金耳环、金项链及摩托车等嫁妆，少一样都不答应这门亲事。小魏家里困难，拿不出这笔钱，定亲之事也就搁置到一旁。

回到执勤点，小魏并没有因婚事影响训练，而是一头扎进火热的练兵场。支队搞军事比武，小魏在脚扭伤的情况下，忍痛冲刺，夺得第一名。不久，一张喜报飞到小魏的家乡。李娜的父亲看到乡里干部敲锣打鼓给小魏家送喜报，终于明白自己因封建思想作祟，差一点失去了好女婿。老人回心转意，免了订婚礼金，并鼓励小魏在部队安心工作，多寄回几张喜报，就是与女儿订婚最好的"彩礼"。

老爷岭的花虽然美，但美不过武警战士的深山奉献情。"春观山花，夏览碧水，秋赏红叶，冬游冰雪"，置身老爷岭执勤点，顿感一股凉爽清风扑面而来，蓝天与绿地相衬，植被与花草相间，乔木与灌木相融，人与自然和谐共处的图景在营院随处可见，老爷岭执勤点如同一个芳香四溢的大花园，令人流连忘返。新战士小李的父亲来队探亲，高兴地说："营区既有'生态景'，又有'休闲区'，我儿子生活在这么优美的环境中，心情不美才怪呢。"

"栽一棵白杨树，是一种纪念，更是对自己的激励，我们应该立足军营干出一番事业来……"新战士下点做的第一件事，就是栽"扎根树"，目的是激励大家扎根深山献身军营，给未来留下珍贵的回忆。斗转星移，"扎根树"逐渐变成"扎根林"，栽满半个山坡。不少新战士效仿复员老兵的做法，在树枝上挂个小牌，还有的写上一段话："植棵树，扎下根，小树长，我也长，我把青春献国防……"

老爷岭的雪虽然厚，但厚不过武警战士的建功军旅情。官兵们冒着零下20多摄氏度的严寒站哨执勤。因天气寒冷，呼出的气结成冰霜，染白了战士的眉毛、睫毛、头部和上身，个个如同刚从冰雪里钻出来的"白眉大侠"。天再冷，雪再厚，官兵始终坚守在岗位上，护送一列列火车平安地通过隧道，奔向远方。

士官王晓在执勤点工作了五年，把最好的青春时光献给了隧道守护事业。这期间，上级机关相中了他一手好厨艺，几次调他当炊事员，均被他婉言谢绝。亲戚劝他说："老爷岭执勤点有啥可留恋的，一下雪连老鼠都含着眼泪跑了，别再执迷不悟了，长此下去，身体会吃不消的，到那时后悔都来不及。"小王笑着说："老爷岭执勤点虽然风大雪厚环境恶劣，但却是历练筋骨、一展身手的大舞台，为了确保钢铁大脉动畅通无阻，我宁愿在深山老林里战斗不息，奉献一生。"

老爷岭的月光虽然清冷，但皎洁的月光照亮了武警战士化思念为动力的满腔赤诚。十八九岁的年轻战士离开父母、亲朋、故乡，来到一年到头见不到几个外人的深山老林，面对枯燥乏味的训练和艰苦辛劳的工作，心中的那份孤独寂寞和思亲想家之情无法用语言形容。尤其在八月十五团圆日执勤站岗，战士望着天上那一轮圆月，思乡之情油然而生，尤为强烈。

细心的干部为帮助战士过好"想家关"，把节日文化生活安排得满满的，或下象棋，或打篮球，或写家信，或举行晚会，战士有选择余地，人人都能参与到节日活动中来。一方面广泛开展谈心活动。节日期间，干部通过多转、多看、多查，对战士吃饭看饭量、睡觉看状态、娱乐看情绪，发现苗头及时靠上去谈、跟上去帮，耐心细致做好战士思想引导和心理疏导工作。另一方面注重营造和谐的内部环境。针对战士节日中出现的思想动态和精神需求，通过开展集体庆生、亲情连线、家信展等活动，帮新战士驱散想家的孤独。同时，也会搞一些烧烤聚餐，为大家派发小礼品，在这样的氛围下，战士思乡情绪也会逐渐散开，努力学习、刻苦训练，全身心投入到任务中，不被想家情绪所扰。

风不说自己孤寂，花不说自己唯美，雪不说自己单调，月不说自己清冷……在这样的风花雪月中，老爷岭的战士们自然也就不能、不会，也不想说自己的艰难和困苦了。唯有一趟一趟如约而来的列车，穿行在这个特殊的"风花雪月"中，打破宁静的美，带来短暂的喧嚣，给大山深处的哨所平添了许多生机和来自四面八方的生活气息与远方的诗意。

"编外战士"叫惊雷

老爷岭执勤点是一个班的建制，10个战士，除特殊勤务，很少超编，一个萝卜顶一个坑。但"编外战士"惊雷，却在执勤点"挂靠"多年，大队、中队领导不但不"清理"，而且每次下点检查还自掏腰包买"食品"探望，令其他战士心生妒忌。不过，妒忌归妒忌，战士们对这个"编外战士"还是充分认可的，一同站岗，一同跑步，一同外出，朝夕相处，形影不离。有时错过饭点，战士们宁肯自己少吃一顿，也不让"编外战士"饿肚子。

有人可能会产生疑问，惊雷这么敬业，怎么还纳不了编，甚至吃饭还得大家从牙缝里挤，混到这份上也够冤的。其实，绕来绕去，惊雷是"兵"也不是"兵"，说是"兵"，皆因其具备士兵的警惕、勇敢、忠诚、担当；说不是"兵"，皆因脱离士兵搞特殊，独吃、独住、独行，偶尔脾气还不好，尤其是见到生人，疯了似的往身上冲，吓得人家魂飞胆丧，再也不敢光顾执勤点。

好了，不再绕弯子了，这个兵见兵爱、贼见贼烦的"战士"，有一个特殊的称谓——军犬。

从严格意义上讲，惊雷并非专业军犬，没有经过专业训练，只是老百姓家普通的中华田园犬，也就是俗称的乡村笨狗。但它可不笨，特别知道远近亲疏，它跟战士贴得近，这才"混"到执勤点，被列入准军犬队伍，还是有名无编的。但是，这些都不影响它履职尽责，在老爷岭执勤点留下光辉的一笔。

"惊雷"从军颇为传奇。那是一个电闪雷鸣、风雨交加的夜晚，执勤点的战士刚躺下休息，屋外就传来阵阵撕心裂肺的狗吠声，惊得大家睡意全消。"半夜三更哪来的野狗，吵得人休息不好，看我怎么收拾它？"列兵小吴穿上衣服，找了把雨伞擎在头上，冲进暴雨如注的夜里。寻了半会儿，小吴在仓库雨搭下面"逮"住了不速之客，本想将其撵走，借着手电光一看，是一只小黑狗，可怜巴巴地看着自己，小吴便将它抱进灶房，找了些吃的，想着收留一晚上次日放走。

令小吴哭笑不得的是，次日清早，他和战

友出早操，小黑狗竟跟在他的身后卖萌耍乖。小吴撵它走，它要么躺在地上打滚，要么发出凄惨的号叫，滑稽可笑。战士们起了怜悯之心，决定收留它几日，如果是老爷岭村民家跑出来的，就送到村里去；如果是从山外跑过来的，就暂且收留下来，待找到主人返还回去。哪承想，小黑狗竟然是无主狗，问老爷岭村民，没有一家说有丢狗的。没办法，战士们就给这只不知从何而来的流浪犬搭了个窝，算是收留下来，并给它起了个英武的名字——"惊雷"。

日久相处，战士们与惊雷产生了感情，站岗执勤都要带上它，改善伙食，都要给它留一份。惊雷虽是土狗，但灵气十足，因和战士们长期生活在一起，耳濡目染地养成了雷厉风行的作风。战士们集合，它跟在队伍后面；战士们站哨，它蹲在岗楼旁；战士们劳动，它用嘴叼垃圾……俨然成为执勤点的一员。

惊雷的到来，打破了执勤点单调枯燥的生活，战士们一有空，便训练它跳跃和上下攀爬的技能，有时还训练它鉴别气味。惊雷不负众望，苦练各种看家护院技能，听声辨人、识味辨人技术日臻娴熟，成为土狗家族的佼佼者。它博得战士们的喜欢不是靠身怀绝技，而是"爱管闲事"，老爷岭执勤点的一砖一瓦、一草一木均被惊雷严格看管起来，外来人员甭想进入营区，拿根草都困难。

执勤点为丰富战士们的菜盘子，在营区闲置的空地饲养了鸡、鸭、鹅，用于节假日改善伙食。因执勤点身处林区，家禽经常遭受黄鼠狼等动物的偷袭，损失不小。惊雷担起护院"家丁"重任后，日查夜巡，尤其是重点薄弱部位寸步不离，不给"入侵者"可乘之机，若遇硕大凶猛动物，则以各种犬吠进行警告和搬救兵，确保目标绝对安全。这之后，营区难觅老鼠等动物，鸡、鸭、鹅相安无事，人畜共处，其乐融融。

一次，战士养的大白鹅不见了，怎么找也不见踪影。看到战士们焦急的表情，惊雷大声"汪汪"几下，然后一头钻进深山里。一小时过去、两个小时过去、三个小时过去……转眼间天黑了，仍不见惊雷回来。"惊雷，你在哪里，快回来！"战士们用手扩在嘴边，对着群山大声呼喊。山谷幽幽，回音不绝，唯独听不到惊雷富有磁性的"汪汪"声。战士们后悔不迭，相互抱怨当初应该拦住惊雷，不让它单枪匹马闯入山林，结果白鹅没找到反又丢了狗，得不偿失啊！

本以为白鹅和惊雷夜不归宿，就此不再回来，令战士们没想到的是，次日早晨，院子里传来熟悉的"嘎嘎"声和"汪汪"声，战士们呼啦地跑出屋外，只见全身湿漉漉的惊雷走一步叫一声，往木栅栏里驱赶白鹅。战士们一下子明白了，紧紧地将惊雷搂在怀里。

惊雷不但不吃闲饭，执勤点有事它会毫不犹豫地往上冲，相当卖力。一天深夜，一个黑乎乎的身影从远处朝隧道口走来。哨兵刚要喊口令问明情况，惊雷一个箭步冲了上去，与陌生人大战在一起，对方刚战了两个回合，便招架不住落荒而逃。不一会儿，执勤点响起刺耳的电话声，战士起来接通一听，是老爷岭车站打过来的，说工人给执勤点送灯泡，被狗给偷袭了，好在只咬破了裤子，并无大碍，日后一定把狗看住，别再惹出祸端。

没办法，战士只好把惊雷拴起来，由散养变成圈养。不过，虽然活动范围受限，但不影响惊雷爱管闲事的积极性，一如既往地当好执勤点的忠诚"护院"。它奉献了十年，最后终老而去。战士们将它埋在执勤点的菜地旁，并将菜地改为"雷园"，以示纪念。

三只蚊子一盘菜

苦,对老爷岭执勤点的战士而言,超出味蕾和感觉的承受能力,尤其是那些十八九岁的城市兵、独生子女兵,那种"爱也不能爱,恨也不能恨,这种感觉只有经历过的人才明白"的生活,一时半会儿还真的难以适应。

然而,连战士自己都憋不住乐,越是条件艰苦的环境,越是"家庭条件好的士兵"争着抢着去的福地,有的甚至动用关系"走捷径"。其实,战士的心里都很清楚,他们这么做目的只有一个,就是利用短暂的军旅生涯,磨砺去除身上的"骄、娇"二气,把自己锻铸成一名不被困难折服,刀山敢上、火海敢闯的"硬骨头"军人。

那么,老爷岭执勤点到底苦在哪里?实实在在地讲,今天的苦与昨天的苦不可同日而语，甚至不如九牛一毛，但在特定的环境下，尤其是同灯红酒绿的城市生活相比，显然极度不舒适。不过，对这些心头燃烧着激情之火的年轻战士而言，则是小菜一碟。

入夏了，老爷岭虽是绿树环抱，凉风习习，景色宜人，官兵却要承受蚊子、"瞎眼蒙"的轮番袭击。特别是蚊子，不仅个大，且攻击力特别强，一旦锁定目标，十有八九难以逃脱，就算是瞬间被拍死，也会在皮肤上留下"吻痕"，奇痒无比，甚至发炎流脓。

为抗击破坏人类皮肤的"天敌"，官兵白天站岗，在训练场上摸爬滚打，晚上还要想尽一切办法与蚊子斗智斗勇，除了点蚊香、挂蚊帐，还要用衣服把自己裹得严严实实。然而，蚊子仍然在月朗星稀的深夜趁官兵熟睡之际，轮番对他们的脸和脚等防御薄弱部位进行"见血式"袭扰，搅得官兵睡不安宁。

鉴于蚊子怕烟熏火燎，官兵睡觉前集体到山里采摘艾蒿，堆放在营帐外围，然后在下面点燃干柴进行热熏。青烟袅袅升起，营帐内的蚊子或被熏得晕头转向急速落地，或调头拼命向山林逃离，恼人的"嗡嗡"声渐渐远去，营帐内难觅蚊子的踪迹。官兵抓紧入睡，虽然被难闻的艾蒿味儿呛得直淌眼泪，但总比被蚊子叮咬好得多。

不过，人有三急，夜里上厕所的官兵却成了蚊子的"报复"目标，那些隐藏在草丛、树叶、柴垛中的蚊子，见有人从营帐出来，悄悄尾随在身后，逮住机会便以迅雷不及掩耳之势，从多个角度展开集群式攻击，场面极其"血腥"，把官兵叮得忘记了"方便"，急忙往营帐里跑。战士杨安夜里上厕所，身上被蚊子叮出16个包，个个肿胀得像樱桃，多年后手臂上的疤痕仍清晰可见。

蚊虫叮咬可以忍受，难以忍受的是"看电视停电、打电话掉线，想吃泡面没地方买"的生活。30年前，由于没有水井，到了寒冬腊月，官兵每次取水都要到一条结冰的小河上，用铁镐凿开冰眼，然后提上一桶桶拉回营区，再注入屋内的蓄水池中，水存放上几天依然冰冷刺骨。

在接通自来水和安装太阳能热水器之前，受交通不便等多种因素制约，"洗澡难"始终是老爷岭执勤点官兵的"挠头事"。二十世纪八九十年代，由于没有自来水，即便是日后接通了自来水，因没有热水锅炉和浴室，官兵执勤辛劳了一天，满脸灰尘只能简单用冷水洗漱，或者到营房后的"老爷岭山泉"冲个凉。

夏天倒好办，最难熬的是冬天，山泉水冰冷刺骨，别说洗澡了，洗漱都困难，水刚舀到脸盆里，瞬间冻出冰碴，若将手伸进水盆里，立马发麻失去知觉。因此，官兵到了冬天基本上一两个月才洗一次澡，皮肤痒得实在受不了，才请假乘火车到吉林市或蛟河市洗热水澡，来回得一天时间，特别麻烦。后来有了太阳能热水器，"洗澡难"的问题才得以解决。

为了营造一个好的环境，从2000年开始，老爷岭执勤点在中队党支部的组织下开展了自力更生、艰苦奋斗的自建家园活动。党员干部带领战士自己动手建设美化家园，没有砖瓦就到废旧工地去捡，请不起泥瓦工就自己干。几年辛勤付出，执勤点实现了"绿化、美化、硬化、亮化、文化"的标准，成为一座功能齐全、设施完备、环境优美的园林式营院，为官兵创造了一个良好的拴心留人的工作生活环境，进一步激发官兵献身警营建功立业的热情。

执勤点排长坚持给战士讲创业难守业更难的道理，引导大家勤俭持家。于是，一张纸两面用，"光盘行动"，饮料瓶、旧报纸积攒下来被卖掉，这些成为战士的自觉行为。

一年冬天，执勤点的战士像往常一样，早早地起来清理取暖用的锅炉，准备用小推车将炉灰推出营区倒掉，不想被排长拦住了。他在锅炉房附近划了一块区域，让战士把炉灰存放在那。一个冬季下来，炉灰堆起了一座小山。到了春天，排长组织战士把炉灰撒在进出营区的小路上，用石头进行夯实，把曾经的泥泞小路变成景观大道。上级领导得知此事后夸赞说："官兵真正把执勤点当成了自己的家，小日子一定一天比一天红火。"

经过一茬茬官兵的艰苦奋斗，加上各级对这个偏远单位的关怀，老爷岭执勤点的面貌发生了翻天覆地的变化，营区实现了"春有花，夏有荫，秋有果，冬有青"，处处彰显着"英雄哨所"的战斗文化氛围。

闪电时常来拜访

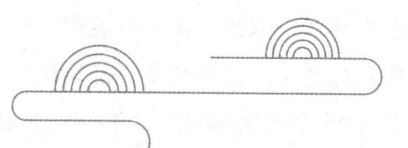

老爷岭执勤点的战士少言寡语，尤其是见到上级领导，几乎一个方式迎接，先是憨憨一笑，然后一句"首长好"，再无过多话语。

不了解情况的，以为战士反应慢，见领导打怵。其实不然，经过接触你会了解到，执勤点远离城市偏远闭塞，除了上级领导和铁路职工偶尔光顾外，一年到头基本上见不到几个人。战士与外界缺少必要的沟通交流，排解寂寞只能靠重复地讲昨天的故事，久而久之，即便是能说会道的"快嘴"，也会在岁月的打磨下，变成讷口少言的"笨舌"。

然而，这只是表象，叩开他们的心扉，却发现每个战士都有不可复制的经历，要么苦辣酸甜如影相随，要么喜怒哀乐不离不弃，无不彰显出军中热血男儿"守着清贫谈富有"的壮美心灵境界。

"你们的故事不惊险刺激，我讲的肯定令大家毛骨悚然。"一次执勤点举办"哨所故事会"，正在做饭的炊事员小肖见大家聊得满屋笑声，从厨房里跑出来，讲了他前不久经历的"恐怖"事件。

那天是星期日，天阴沉沉的，时不时从远处传来阵阵雷声。小肖不知林区打闷雷是变天下雨的征兆，仍像往常一样在院子里摘菜、切菜。临近中午，天空突然狂风大作，电闪雷鸣，他赶忙拎起菜筐往屋里跑。脚刚迈进门槛，就听到头顶上"咔嚓"一声响，紧接着看到一个闪电打到避雷针上，余电顺着导线传到屋里，咔咔直冒火星子。小肖是独生子女，又从城市里来，哪见过这阵势，吓得连呼带叫朝隧道里跑，还好被站岗的老兵一把拽进岗楼里。

守好隧道，就意味着和风险相伴。

那是1988年一个闷热的夏日夜晚，哨兵于秋遭遇了惊魂一刻。刚下哨正往饭堂走的小于，忽见一道刺眼的闪电从天空中划过，紧接着一个大火球从天而降，吓得他急忙转身钻进岗亭里。就在这一瞬间，火球不偏不倚地劈中了附近的大树，碗口粗的大树立刻被电流烧焦，发出刺鼻的烟味……真的好悬，如果稍微靠近一点，后果不堪设想！

一次，上级举行文艺会演，一名哨兵走上舞台表演口技。他从容地噘起嘴，不仅惟妙惟肖地学出了十几种林鸟的鸣叫，而且对一种鸟还能学出几种不同的"语言"，博得了满堂喝彩，获得这次会演的一等奖。演出结束后，支队首长满面笑容地问他什么时候学的绝活。朴实无华的战士实话实说："隧道兵的生活实在是太单调了，没办法，只能学山林中的鸟叫解闷，天长日久，就学会了。"听了这名从森林里走出来的铁道哨兵的回答，作为"老哨兵"的这位支队首长沉默了，他理解从这位战士嘴中流淌出来的不仅是森林中小鸟的鸣啭，大自然充满情趣的律动，更是"铁道卫士"心中的孤独和苦涩。看到支队首长沉默了，这位战士"啪"的一个立正，说："报告首长，我们不怕孤独，正是有了我们的孤独，才有隧道的畅通安宁。我们的孤独是有价值的！"没等战士说完，"老哨兵"把"新哨兵"揽到怀里。

哨所盛开冰凌花

　　每年的冬末初春，东北大地冰雪尚未消融，老爷岭却有一种植物以傲骨之气迎风斗雪破冰而出，在寒冷的季节绽放出不与玫瑰争艳的奇葩之美。它的名字叫冰凌花、侧金盏花，它植株矮小，有傲春寒的特性，金黄色的花朵，素有"林海雪莲"之美称。

　　这个时候，正是老爷岭执勤点补充新鲜血液之际，新战士结束为期三个月的新训生活，怀揣着梦想奔赴远离城市喧嚣、偏于深山一隅、忍受寂寞孤独的战位。执勤点的菜园、岗楼等角角落落都能见到绽放的冰凌花，引起了新战士的好奇，他们不理解这么恶劣的环境居然能见到花开，便围坐在排长或班长的身边，请他们讲解冰凌花在冻土发芽的奥秘。

排长和班长向新战士讲解最多的，不是冰凌花怎么美，而是如何扎根深山、适应环境、茁壮成长的过程。它的美既有不被恶劣自然环境所折服的傲骨雄心，又有甘守寂寞建功深山的无私奉献，听得新战士豪情满怀，热血沸腾。

为了让新战士根植老爷岭执勤点，牢牢铆在冰峰雪岭之上，排长和班长还开展了与冰凌花"结亲"的活动。每个新战士都要认领一株冰凌花，虽然不像其他植物可以浇水施肥，但每天无论训练执勤多么忙，大家都要抽时间看它一眼，哪怕是闻闻淡淡的花香，也会顿感神清气爽，劲头十足。

然而，接踵而至的考验令新战士很快出现"水土不服"，有的甚至产生了思想波动。就拿工作、生活水土不服来说，老爷岭执勤点虽然远离中队，但训练管理丝毫不松，特别是五千米奔袭，除了暴雨暴雪极端天气，早中晚一天三个来回从未间断。近乎苛刻，有时还不近人情，令新战士一时难以忍受，加之刚刚离开家乡，既恋母也思乡，心情不爽亦属正常。于是，有哭鼻子的，有吃不下饭的，有睡不着觉的，还有想插翅飞离执勤点的，静心凝神成为干部骨干的当务之急。

一年初春，暴雪突如其来。

"我不在这个憋死牛的地方干了！"刚吃过早饭，新战士小贺一脚踢开屋门，扛着背包气呼呼地朝老爷岭火车站跑去。

这是为何？干部骨干一头雾水，赶紧把小贺拽回来，问明原因。

小贺一边抹眼泪一边说："老爷岭执勤点真不是人待的地方，苦也罢了，累也罢了，最不能接受的是半夜三更跟老鼠同眠，这要是同学知道了，还不得笑掉大牙！"

战士们听后，笑得合不拢嘴，对他说："老鼠都舍不得走，你就更不应该闹情绪了。有没有兴趣比一比，看一看你和老鼠哪个在执勤点待得久。"

小贺低下头，不好意思地说："想想也是，那就慢慢适应。"

在干部骨干的说服下，小贺的情绪终于稳定下来，但他的心却游离于深山之外，时不时还"作妖"耍小脾气。

一次，指导员到执勤点检查工作，见小贺蔫头耷拉着脑袋干啥都没兴趣，就向班长了解情况，得知小贺因不适应环境背上思想包袱，闹着要调走，就把他带到哨位旁，指着一株刚刚破土发芽的冰凌花说："你知道冰凌花为什么在这个季节盛开吗？"

小贺摇摇头，说："不清楚，但它却很神奇，死冷寒天的不在泥土里过舒服日子，非得钻出来刷存在感，不可理喻。"

指导员说："因为它深爱脚下的这片土

地，所以把根深深地扎进泥土里，无论是霜冻冰雪，还是严寒疾风，都无法阻止它用微笑迎接春天。"

小贺问："有人说咱武警战士就是守护家国安宁的冰凌花，那么我想问一下，身处莽莽林海怎么能做到心无旁骛？"

指导员说："哨位就是使命的沃土，只要你像冰凌花一样在风雪中坚守，任何困难包括亲情考验，在你的眼中都是最美的风景。"

小贺点点头，说："放心吧，指导员，我会成为盛开在哨所的冰凌花。"

此后，小贺如同经过淬火的"钢钉"，深深地插进石缝里。

后来，小贺考上军校，毕业后主动申请到老爷岭执勤点当排长。

一茬茬新兵来到老爷岭执勤点，由最初的"闹心巴拉"到后来的"超级喜欢"，无不展现"军中冰凌花"的奉献坚守之美。他们用青春和汗水诠释了为国站岗的真谛，环境虽苦，使命犹荣，雄浑激昂的歌声在山间久久回荡。

冰凌花之所以令人称奇赞叹，源于为满目萧瑟的北国春天增添了烂漫的色彩，传递春的消息。老爷岭单独执勤点的战士之所以令人敬仰，源于他们像冰凌花一样，坚守脚下这片土地，装点着祖国山河，报告春天的美丽消息。

青山绿水保护神

老爷岭是吉林地区的最高峰，从山下到山顶可纵观千余里的植被生长变化，有"来到老爷岭，就到了长白山"之说。这里森林覆盖率高，动植物种类繁多，野生动物光顾营区是家常便饭。因此，战士们在完成繁重的执勤任务的同时，还要同这些人类赖以生存的无言伙伴和平相处，并主动承担起保护这青山绿水的神圣使命。

一年春季，一个大风过后的晚上，执勤点屋后的树被吹倒了一大片，有一棵30多年树龄的大树几乎折弯了腰。当地群众说："这树就算扶起来，也很难成活了。"

乔班长带领战士找来木棍、绳子，把大树拉了起来。后来，他利用业余时间到图书馆查阅相关资料，请教当地植物专家，经过两个多月的精心医治，大树奇迹般地活了过来。

一次，中队部的一个战士到执勤点送给养，返回时晴朗的天空突然下起倾盆暴雨，瞬间沟满壕平无法出行。等降雨结束，却错过末班通勤车，送给养的战士只好在执勤点留宿一晚。这名战士觉特别大，躺在铺上便呼呼大睡。梦呓中他感觉有个凉飕飕、滑溜溜的东西钻进了被窝，以为是后半夜天气凉，被子没盖严钻进凉风，便用手去抓被子，抓到手觉得不对，猛然睁眼一看，手里抓的竟是一条蛇，正向他"嘶嘶"吐芯子。从来没摸过蛇的他，吓得魂飞魄散，抱起被子就往外面跑。班长经过辨认，是一条没有危险的草蛇，将其放生。事后，送给养的战士问班长："听说蛇肉很鲜美，抓都抓不到，你咋还放了呢？"班长说："咱们是武警战士，爱林护生是义不容辞的责任，要走在全社会前列。"

"关爱野生动物是我们武警官兵的职责，它们是人类的朋友，而不是敌人。"官兵如是说。那是一个下着鹅毛大雪的冬天，不知从哪儿飞来一对老鹰，盯上了官兵养的鸽子，整天在营区上空盘旋。一个冬天过去了，老鹰不但把鸽子吃了，还霸占了鸽子窝。虽然辛苦养的鸽子被老鹰祸害了，但官兵没有对老鹰下手，并且纵容老鹰"胡作非为"。到了第二年的春天，两只老鹰飞走了，官兵又养了几十只鸽子。到了秋天，这些鸽子渐渐长大了，没想到冬天一到，这两只老鹰又来了，先是把鸽子从窝里"请"出来，然后把鸽子当成美餐。尽管老鹰再次无理取闹，官兵仍然没有伤害它们，并给它们提供食物。从那时起，这两只老鹰年年冬天都回这里繁衍后代，到了春天又远走高飞。吉林市一位鸟类爱好者出高价购买，被官兵拒绝："鹰是受国家保护的野生动物，虽然我们辛苦养的鸽子被它吃了，但是能让它安全在部队过冬，就是多吃几只鸽子，我们也高兴。"

营区前有片芦苇丛，每到候鸟迁徙的季节，这里便成了野鸭、大雁的栖息地。官兵在里面盖上了小木房，并在盆盆罐罐里装上水，营造了一个温馨的休息环境。有一年春天，一只大雁在草丛里安家落户。一天，天空突然阴云密布，饲养员小张想起正在孵蛋的大雁，如果窝里进了水，就可能对蛋里的小雁产生影响，他急忙抱块塑料布向芦苇丛奔去。孵蛋的大雁见有人跑过来，吓得站起身来，摇摇晃晃地走到一边，用敌视的眼光注视着小张。过了四五分钟，大雁见小张没有伤害它的举动，又回到窝里卧在蛋上。小张慢慢走到大雁面前，把塑料布盖在它身上，然后跑到远处的猪圈里守着，怕风把塑料布吹跑。第二天早晨，小张揭开塑料布，发现小雁出壳了。不久，又有一些大雁来此安家落户，大雁的家族成员日渐增加。

一个月色皎洁的夜里，副班长小杜警惕地在营院里来回巡逻。突然，从洞口窜出一个黑乎乎的东西，径直往岗楼冲去。小杜赶到岗楼，只听大个子新兵小夏叫喊："嘿！谁扎我脚了。"小杜忙用手电一照，原来是一只大刺猬，闯了祸知道不好就赶紧缩成一团。这时全班人都跑来了，兴奋地逗着刺猬。不管战士们怎么拨弄，刺猬就是紧紧收拢身子，一动不动，在大家不碰它的时候，它就拱出头来，细小的鼻子翕动着，见人一动又缩了回去，憨态十足。小谭凑上来说："杜班长，看这只刺猬肉肥油厚，味道一定美极了，这几天训练累，咱们用它改善改善伙食吧。"这时赵排长开口了："依我看，应该把刺猬放回去，刺猬专吃害虫和老鼠，对庄稼有益。另外保护区有明文规定，禁止捕杀野生动物。咱们武警官兵更得带头执行。再者说，这只刺猬那么可爱，大家忍心伤害它吗？"一席话，说得几个主张改善生活的战士低下了头。战士们把刺猬放在草地上，过了一会儿，它才慢慢拱出头来，用鼻子嗅了嗅，大概觉得没有什么危险了，这才向远处跑去，消失在夜色里。

驻地老爷岭村有个村民，因打仗斗殴被劳动教养6个月，从看守所出来后，他看到山里的野生动物值钱，便自制了一把猎枪，到山上打猎。官兵得知后，来到他的家里讲解《野生动物保护法》。他理直气壮地说："我没有经济收入，不让我打猎我指啥活着。"在思想工作做不通的情况下，执勤点官兵感到，要想提高他的守法意识，必须从解决生活问题入手。官兵把津贴省下来，给他买了几个猪崽送去，并派一名有养猪经验的战士做指导。经过一年的努力，这名村民的猪场初见成效，他不仅不上山打猎，还同官兵一道深入群众家中现身说法做宣传。

不请自来"花大姐"

秋天的老爷岭特别美，天高云淡，空气清爽，漫山遍野被红红的枫叶覆盖，令人心生惬意。

不过，老爷岭执勤点的战士却进入了"闹心季"，他们宁肯饱受夏天闷如蒸笼的煎熬，也不想与凉爽的秋日相约。一位记者得知后，以体验生活为名，到执勤点一探究竟。他刚进营区，就被天上飞的、地上落的、窗上爬的，颜色各异的"花大姐"围攻，不到片刻工夫，头上、身上便落了厚厚的一层，令人作呕。临走时，记者感慨地说，执勤点的战士能在"花大姐"的轮番围攻下岿然不动，也是一种情操，一种奉献，一种情怀，真的了不起。

战士们把"花大姐"称为不速之客。它虽不像蚊子那样吸血留疤，人见人恨，但也不是"善类"。老爷岭的"花大姐"不仅个大凶猛，一旦"集会"乌泱乌泱的一大片，并且驱不散、撵不走，早上往脸上扑，中午往身上贴，晚上往裤管钻，几乎不间断地"袭扰"，到了虫满为患的地步。战士们绞尽脑汁想了不少办法，但仍有漏网的，给工作生活带来诸多不便。

先说吃饭。按理说人与七星瓢虫毫无交集，更是八竿子打不着，应该是井水不犯河水，可老爷岭的"花大姐"却很特别，敢于主动向战士接近，专挑饭点搞突袭。为避免同"花大姐"正面"对火"，战士们在饭堂门口、窗户安装了遮帘。不承想，这些小东西"鬼得很"，或跟踪尾随，或附着藏匿，抓住战士掀开门帘的一刹那，以迅雷不及掩耳之势飞进厨房隐藏起来。然后趁战士们毫无防备正大快朵颐之时，从犄角旮旯鱼贯而出，循着香味扑向饭碗、餐盘，尽管数量不是很多，但还是"一粒老鼠屎毁了一锅汤"，大倒胃口。老兵们见怪不怪，清走落在盘碗中的"花大姐"，继续就餐。新战士则吃兴大减，有的胃里翻江倒海，恶心欲呕；有的丢下碗筷，迅速逃离；有的心情不爽，满嘴抱怨。这个时候，老兵就会对新兵说："这是大自然馈赠我们的礼物，'花大姐'越多，就越能证明老爷岭生态环境保护得越好，我们对它不应该嗤之以鼻，要以友爱之心、包容之心与其和谐相处。"

新战士的"怒火"刚刚平息，"花大姐"第二轮"袭扰"再次上演。相比于在饭堂短兵相接，这次是与肌肤亲密接触，岗楼成为它们的进攻首选。无论是新兵还是老兵，最害怕的是夜间站哨，照明灯一打开，以"花大姐"为主的各种昆虫，"组团"从四面八方朝岗楼扑来，玻璃被撞得乒乒乓乓响个不停，片刻工夫便糊了厚厚一层，一班哨下来，能清理出满满一脸盆昆虫尸体。这仅仅是刚开始，接下来那些没有被撞晕且生命力强的"花大姐"，透过门的缝隙钻进岗楼里，对战士的脸、脖子、胳膊等部位展开疯狂攻击，场面虽称不上"血腥"，但那种如同被蚂蚁叮咬又痒又痛的滋味，加之岗楼密不透风，汗水浸入伤口，着实是一种难以名状的肉体和精神上的折磨，有的甚至脖颈和后背都肿起来，痛痒无比。虽然这样，老兵们仍旧纹丝不动、无怨无悔地坚守在哨位上。新兵可就"惨"了，对"花大姐"恨之入骨，想出了火烧灭瓢虫的办法。这个时候，老兵就会对新兵说："不要把'花大姐'当'敌人'，它是陪我们一起来站岗的。不请自来的'花大姐'，时刻提醒我们要提高警惕，坚守岗位，确保执勤目标绝对安全！"

最难承受的是"花大姐"半夜三更"扰觉"。刚过午夜，白天趁机钻进屋里潜伏在角角落落的"花大姐"开始行动，有的在战士的头顶绕来绕去，发出令人头皮发麻的"嗡嗡"声，硬生生地把人吵醒；有的在战士脸、胳膊、腿上"打太极"，不是这一拳，就是那一脚，把好梦搅稀碎；还有的倚在床上小憩，战士一翻身压稀碎，花花绿绿的排泄物弄脏了白床单，只能拆下来换新的，如此往复折腾，加上还要站岗，根本睡不上一个囫囵觉，铁打的汉子也会被折磨得精神崩溃。这个时候，老兵就会对新兵说："军人的生活就应该这样，白天在训练场上'呜嗷喊叫'地摔打，晚上在床上'噼里啪啦'地拍打，如此高规格的'待遇'，一般人还吃不消哩！"

新兵们发现，每次老兵们讲完段子，眼里都噙满了泪花。其实，老兵们也很无奈，他们能做的只有不断地给新兵"输氧"打气，以乐观的心态乐享执勤点的艰苦生活。最初，个别新兵不太适应，甚至吵着闹着要调走，但挺过一个秋天也就见怪不怪、习以为常了。后来，随着执勤点生活条件的不断改善，门和窗上安了纱窗，单兵配发了防蚊罩，"花大姐"等昆虫这才结束袭扰。

在战士们的眼中，"花大姐"并非不受待见，它们的出现也令单调的军营充满色彩和乐趣。通过制作瓢虫标本认识物种，就是战士们与"花大姐"斗智斗勇后想出的"金点子"。于是，战士们利用到林内训练之际，捡拾风干了的"异色瓢虫"尸体，带回营区加工制作标本。瓢虫除了欣赏，最大的用处就是"看图识物"，战士们到街里买来介绍昆虫的书籍，然后对照标本进行物种识别。以前见到就烦得脑袋疼的瓢虫，现在呈现在战士视野里竟然充满新奇，带来意外惊喜。

第四辑

铁打营盘英雄兵

都说"铁打的营盘流水的兵",老爷岭执勤点是铁打的营盘,兵也似流水一茬茬换,每一茬兵,虽然都很平凡,但血液里都流淌着英雄基因……也许,这里的都是无名英雄,名字很少有人知道,但在这里的英雄故事和精神,早就在苍茫大山里愉快地流行,成为时代前进旋律中最不可或缺的重要音符……

老爷岭上"抗联"歌

清晨,地处大山深处的老爷岭执勤点银装素裹,站在山顶远眺,宛如一幅水墨丹青画。

"陈老兵,别磨蹭了,再不出门就赶不上火车了。"

"你急个啥,火车啥时到站我比你清楚!"听到新兵小蔡在门外喊他,陈老兵不紧不慢地拎起绿军挎走出门。

两人一前一后,踩着厚厚的积雪上山赶路。到达两千米外的老爷岭车站后,一辆绿皮火车缓缓进站。

临近春节,火车上的乘客特别多,有人去蛟河市卖土特产,有人坐车去看亲戚。与周围行色匆匆的旅人不同,陈老兵和小蔡显得很从容。这次,他们坐火车是去市里逛街散心的,顺便洗个热水澡。老爷岭执勤点的战士把绿皮火车称为

"深山大巴"，经常"组团"乘火车外出，有时两周出去一次，忙的时候两个月出去一次，购物洗澡为次要，主要是欣赏沿途风光，体验红色之旅。

陈班长和小蔡乘坐的这辆火车，是从吉林开往图们的4343次火车。从图们开往吉林的为4344次。自1963年运营至今，这两趟列车就行驶在吉林省东北部大山深处，钻山越水，见站就停，串起了"铁道卫士"和沿山村庄群众出行的交通网。途经老爷岭站的两趟列车是普快，按常规不应该在四等站停靠。因老爷岭站与七道河站之间的隧道有武警驻军，为方便武警官兵出行特批在老爷岭站和七道河站临时停靠。七道河站于2010年被拆除。

官兵外出最方便的就是坐慢火车。从老爷岭站到蛟河市，在当时花3块多钱，半个多小时就到了。距执勤点五千米远的老爷岭村也有客车，同样是去蛟河，要多花费很长的车程，车费也要30多元。坐火车外出办事，成了执勤点官兵生活的标配。

绿皮火车虽然站站停，有时还要为快车让道，但在官兵的心目中却是开往春天的幸福列车。窄窄的车厢不仅承载着思乡之情，还能透过车窗欣赏到许多不同的沿途美景，令久居封闭环境的官兵倍感身心愉悦。

南方籍战士喜欢在白雪皑皑的冬天乘绿皮

火车外出。在他们的眼中，极目视野的冬雪树挂既能拂去心灵的忧烦，也让他们更加热爱守卫的这方热土，同时也能激发出"冰雪严寒何所惧，为国站哨热情高"的战斗豪情，使冰雪之旅变成淬火成钢的红色之旅。

战士谷冠城家住南方，因不适应北方气候，一度产生了后悔当兵的念头。他被调到老爷岭执勤点后，整日没精打采，班长找他谈心，小谷爱搭不理地来了一句："你一开口，我就知道你想说啥，没劲！"班长没有批评小谷，而是找机会融化他被寒冷冰冻的心。

一个周末，小谷找到班长，说："班长，我想请假去蛟河市洗个澡，顺便买些日用品。"

班长说："可以，正好我想上街给母亲买药，咱们一同外出。"

随后，他俩步行赶往老爷岭车站。路上，班长指着远处空旷的田野对小谷说："抗日战争期间，这里曾是东北抗日联军将士奋勇杀敌的战场，无数英雄儿女为保卫家乡驱逐日寇，血洒老爷岭山峦大地。"小谷眼睛一亮，脸上露出一丝暖意。

"当年的老爷岭上啊，还曾经发生了三名抗联战士智歼300名日寇的精彩战斗呢。"班长接着说。

"是吗？班长你给咱讲讲咋回事呗？"小谷的好奇心一下子被勾起来了，三名抗联战士就能全歼300个日本鬼子，这是多么令人敬佩和向往的战斗故事啊！

　　随着班长的娓娓讲述，小谷好像一下子回到了1942年的冬天。那年冬天，东北特别寒冷，白雪皑皑、江河封冻、滴水成冰。此时驻守在老爷岭一带的日军心急如焚，就像盼救星一样，等待着将要运来的棉衣。这天将近晌午了棉衣还是没到，日军正要派人去打听怎么回事呢，他们派出去侦察的小分队回来了，并带回来了令他们绝望的消息：运送棉衣的车队，在老爷岭二道河子桥西被抗联劫了，棉衣一件没剩。

　　听到这个消息，日本军营顿时炸锅了。满载300余名荷枪实弹日军士兵的7辆大卡车冲出了营区，驶向老爷岭。

　　此时，老爷岭二道河子桥边，抗联战士们刚刚打扫完战场。看着那一件件崭新的棉衣，他们心头有说不出的高兴，心想这下日本鬼子可要挨冻了。

　　"报告，前面发现东北抗联。"听到这个报告，日军指挥官一声令下，300多名日本兵立即跳下汽车，像恶狼一样扑了过来。形势十分危急。抗联指挥官果断作出决定，令中队长冯志超带机枪手小赵、新兵小刘充当疑兵，吸引敌人，其他人员全部撤离战场。

　　这个时候，气急败坏的日军也不讲什么战术了。哪里有枪声，他们就往哪里追杀过去。就这样，三个人吸引了日军300余人。冯志超和战友巧妙地利用有利地形和日本兵捉起了迷藏。趁敌人不注意时，他们冷不防地来几枪。几个日本兵应声倒下。日军心里只想着棉衣，一直紧追不舍。虽然占有天时地利，但三个抗联战士携带的弹药快用完了。冯志超他们面对着穷凶极恶的鬼子又开始琢磨办法了。

当地老百姓常说，走进老爷岭，"没有天王老子下凡引路，就别想走出来了"。抗联中队长冯志超马上明确任务：三个人分头行进，边撤退边放枪，在雪地上把脚印踩得越多越乱越好，造成大部队撤退的假象，目的是把鬼子吸引到进入老爷岭的必经之地——老山嘴。

日本兵来到岔路口，四处搜索一番，发现了雪地上的三行杂乱脚印。"他们分兵了。"一个日本兵这样判断，"这只能说明他们不堪一击，才分头逃跑了。"一位日军军官毫不迟疑地命令："追！"

就这样，日本兵也分头追击了。在追击过程中，三名抗联战士不时地向敌人开枪。枪声忽东忽西，忽此忽彼。日本兵丈二和尚摸不着头脑，不知对方从哪儿开的枪。他们急得团团转，却没有任何办法。

时间不长，三名抗联战士按照约定地点会合了，他们都毫发未损。而三股追击的日军费了九牛二虎之力，才狼狈地在老山嘴会合。他们看到那三行脚印又合拢了，朝一个方向奔去。他们似乎又看到了希望。他们不知道，这串脚印通向的就是他们的葬身之地——老爷岭。

日本人对老爷岭也多少有些了解。平时"扫荡"时，一到老爷岭，他们就撤兵回营了。可今天他们气急败坏，就像吃了豹子胆一样，非要抢回棉衣不可。

此时的老爷岭远远望去，就像一片无垠的雪海，平平坦坦的，似乎很容易通过，但走起来却比登天还难。因为积雪下面到处是凹坑、荆棘、树桩、败叶和乱草，极不便于行走，一不小心，就会踩空。日本兵对雪并不陌生，但走这样的雪路却是第一次。鬼子一个个跌跌撞撞，半天迈不了几步。不知又过了多少冈坡和沟谷，那密密麻麻的脚印一会儿分了岔，一会儿又合拢来，一会儿向南拐，一会儿又向北转，渐渐地形成一个巨大的圆圈。鬼子寻着脚印追去，像磨坊里的驴那样转起圈来。日本兵已经被折腾得筋疲力尽了。

终于三名抗联战士把鬼子引到了老爷岭地形最复杂的中心地带。夜幕降临了，月光洒在雪地上，反射出耀眼的光。这光亮并没有使日本兵提起精神，反而使他们感到极度恐惧。此时日军的追击已经成为一种机械的运动，不知是走，还是在爬，动不了几步，就大口大口地喘着粗气。

这时，抗联战士也在他们附近休整，由于弹药耗尽，已经不能再对敌射击了。忽然，战士小赵指着天空说："看！"三双眼睛一齐仰望天空。只见月亮的四周围积着絮状的月晕。抗联战士凭着他们多年森林生活的经验，知道马上就要变天，这是暴风雪来临的前兆。

"走！"冯志超一声令下，三人迅速甩开

了鬼子，撤出了老爷岭，返回了宿营地。

不一会儿，西北风狂呼，暴风雪骤至。东北人称为"大烟儿炮"的天气猛地降临在老爷岭的林海雪原中。300多个在森林中来回转圈的鬼子最后全部冻死在茫茫林海之中。

班长生动地讲述了老爷岭上的抗联战斗故事，让小谷对脚下的这片英雄战斗过的热土充满敬仰。

火车缓缓驶出站台，天空中飘起了雪花，纷纷扬扬落在车窗上，颇有古诗描绘的"雪暗凋旗画，风多杂鼓声"的征战意境。小谷的脑海中情不自禁地勾勒出一幅图景：多年前的冬天，那一支仅有三人的英雄抗联小分队，行走在白雪皑皑、寒风刺骨的冬夜里，走向宿营地，而被他们带着转迷糊的300多个日本鬼子，在暴风雪中无比绝望地一点点走向灭亡……

一趟冬日红色之旅下来，小谷整个人大变样。他对班长说："我只有给执勤点争光的义务，没有抹黑的权利，从现在开始，我不是从前的我，而是一个全新的我、注入无穷动力的我。"

从此，小谷的冬天充满暖阳。

城市兵喜欢在霜染红叶的秋天乘绿皮火车出行。每到金秋季节，铁路沿途红叶满山，如同落霞，非常壮观，同时还掺杂绿色的叶子、黄色的叶子，独特的风韵装点出美丽多姿的风光画卷，当地老百姓把这时的老爷岭叫作五花山。

战士小管喜欢热闹，害怕孤独，总想找机会调离执勤点。为了让他把根扎在深山哨所，排长骨干没少做工作，可小管情绪始终不稳定，时好时坏。

一年秋天，排长带着小管去蛟河购买鸡饲料。小管透过车窗看到寒霜不仅没有带走老爷岭的美景，反而催红了漫山遍野的红叶，一抹抹、一簇簇红叶铺满山坡、溪畔，像火一样点燃了整个秋日绚烂的山川，惊艳了旅客的视线。

"哇，老爷岭的秋天韵味十足，美得令我眩晕！"小管情不自禁地发出啧啧赞叹。

排长见缝插针地说："五花山之所以美，是因为耐住了冬的沉寂，春的萧瑟，夏的炙热。同样，一个人若是消极封闭，生命就会荒芜；积极豁达，沙漠也会变成绿洲。"

"我也想让人生如诗似画，关键是不知道怎么去渲染。"小管有所顿悟，一脸兴奋地对排长说。

排长拍了拍小管的肩膀，说："只要你扎根老爷岭执勤点，人生就会像秋天一样层林尽染，收获累累果实。"

"我行！一定行！"在与排长一言一语的对话中，小管找到自信，暗暗地攥紧了拳头。

朝阳送走月光，又一个清晨来临，哨所战士开始了新一天。鲜艳的五星红旗下，小管年轻的脸庞显得格外坚毅。

平凡哨所英雄梦

长白余脉林苍然，
独居老山岁长连。
金戈淬血星火系，
沧桑尽历万民安。

她，曾是抗联的一片热土，每一处都传承着英雄的血脉；
她，用平凡演奏华丽乐章，每一段都吟唱着使命的壮歌；
她，始终见证着时代担当，每一程都闪耀着忠诚的光芒。
她的名字叫老爷岭执勤点，驻守在抗联根据地——吉林省蛟河市境内，孕育在人民军队摇篮里，诞生在中华人民共和国成立时，重组在改革春风中，栉风沐雨几十载，在中国铁路隧道守护史上，留下浓墨重彩的一笔。虽然哨所早已移交铁路部门，但漫长的隧道，绵长的铁轨，悠长的山脉，无时无刻不在向人们讲述着那段无法从记忆深处抹去的烽火往昔，以及英雄哨所和英雄士兵忠实履行职责使命的感人故事。

山无言，春夏秋冬诠释什么是使命如磐；

哨无言，风霜雨雪解读什么是家国情怀；

兵无言，酸甜苦辣折射什么是赤胆忠心。

长向英雄借薪火，长征接力有来人。老爷岭不是普通的山，她是红色的山，革命的山，战斗的山，英雄的山，这里曾是东北抗日联军将士奋勇杀敌的战场，座座山峦浸满烈士的鲜血，杨靖宇、陈翰章、周保中等民族英雄，指挥部队与日寇周旋作战，无数抗联勇士用生命和鲜血，谱写了一曲曲荡气回肠、感天动地的英雄长歌，今天追忆起来仍令人血脉偾张，热泪盈眶。

哨位即战位，站岗即战斗。官兵从上哨的第一天起，就把"从抗日英雄身上汲取前行力量"作为闪亮的坐标，化作"弘扬英雄事迹，争当英雄传人"的行动，在三尺哨位书写"东风早解黄河冻，春满乾坤万姓安"的壮志情怀。

铁打的营盘流水的兵。"隧道卫士"换了一茬又一茬，但亘古不变的是隧道两端那风雨中矗立的哨楼和战士手中那把钢枪，还有那"守一方平安，护万家安宁"的担当。

铁路职工和当地群众说："坚守老爷岭铁路隧道的，不是老爷兵，更不是少爷兵，他们个个是英雄兵。"

英雄不问出处，富贵当思缘由。

他们之中，有的家境优越，备受父母宠爱；有的才华横溢，心存长远抱负；有的青春正好，充满动感活力……然而，自从他们穿上戎装，就拥有一个共同的名字——隧道卫士。忠党报国、爱民护生、无畏顽强、深山奉献是他们砥砺前行的"初始动力"，不恋都市爱山沟，守着清贫说富有，面对寂寞谈欢乐是他们的"大美情怀"。

凝目时光的长卷，"隧道卫士"只是历史长河中一朵朵小小的浪花，最可爱的士兵却用静静矗立的钢铁身躯，默默守望的坚毅目光，以钢枪、热血甚至生命为理想和信仰而战斗，在"大"与"小"，"长"与"短"，"苦"与"乐"等考验面前彰显"不凡"，用奋斗书写出最美的青春华章，向党和人民交出合格答卷。

不是吗？当我们行走在灯红酒绿的街头，他们正巡逻在漆黑幽深的隧道中，生命的色彩不同，人生的意义不同！

不是吗？当我们沉浸在与家人团聚的幸福中，他们正凝望圆月遥寄相思之情，亲情的理解不同，幸福的感受不同！

不是吗？当我们品着香茗悠闲地打发时

光，他们正在火热的练兵场上挥汗如雨，追求的目标不同，收获的感悟不同！

哪有什么岁月静好，不过是有人替你负重前行。

他们是儿子，自从告别家乡，父母膝前尽孝就成为无法弥补的忧伤，家事是小，国事乃大，一个"忠"字令七尺男儿腮边泪两行。

他们是父亲，自从奔赴远方，陪伴孩子成长便成为无法摆脱的内疚，一朝从军，终身报国，一个"责"字令铮铮铁汉肩扛千斤担。

他们是丈夫，自从两地分居，携手花前月下即化为朝思夜盼的渴望，身穿戎装，柔情冷藏，一个"爱"字令血肉之躯心似双丝网。

但是，没有一个人让家捆住了脚和手，而是在顶风斗雪、挑战极寒中诠释着忘我、忘家，践行着一心为国、全力保障钢铁大动脉畅通的"强劲动能"，用一人的牺牲奉献换来万家的幸福团圆。

他们，有苦不言苦。从外表上看，官兵皮肤黝黑、满脸皱纹，要比同龄人苍老许多，这是常年风吹日晒、爬冰卧雪留下来的印迹。可是，他们的脸上见不到一丝忧伤，永远洋溢着欢笑。官兵们说："唯有珍爱这身橄榄绿，生活的苦才能转化成事业的甜。"

他们，有伤不言痛。从情感上看，官兵抛家舍业、坚守岗位，要比同龄人失去更多，这是舍亲情践诺言、忠诚履职留下来的情感划痕。可是，他们从来不言有多痛，嘴角永远挂着微笑。官兵们说："唯有珍爱这份职业，无尽相思才能转化成举案齐眉。"

他们，有失不言失。在官兵心里，他们不计得失、负重报国，要比同龄人挨更多累，这是淡名利重责任、乐守清贫留下来的得失擦伤。可是，他们的步履从未迟滞放缓，永远斗志昂扬。官兵们说："唯有把使命高高举过头顶，才能完成好党和人民交给的重任。"

因此，他们很美，宛如逆雪盛开更加娇艳的蜡梅。

因此，他们很帅，宛如迎风伫立更加潇洒的松柏。

因此，他们很酷，宛如搏击风浪更加不屈的海燕。

这就是老爷岭单独执勤点的英雄兵，虽鲜为人知，却感人至深。

一茬又一茬的"隧道卫士"，以热血洒在老爷岭山脉的抗日英雄为榜样，继承遗志，砥砺前行，在这萧瑟荒凉的哨所，于青春扎根，用热情灌溉，将岁月沉淀，用年复一年，日复一日的坚守，成为大山深处最美的风景，给出了"是否值得"的答案。

"忠诚根"和"从军石"

说他们是"文艺兵",扎根老爷岭,却不是因为特长而进入真正文艺兵的行列;说他们不是文艺兵吧,他们的文艺细胞极为活跃,利用休息时间进行艺术创作,让小小哨所弥漫着文艺春风。

广袤而富庶的老爷岭山脉,山多、水多、野生动物多。老爷岭执勤点借助这特殊的山水地理,在深山哨所搭建舞台,让常年居住在林海深处和江河岸边的树根、顽石登台唱戏。帷幕拉开,精美的文化大餐呈现在战士面前……

有些树木历经风雨被大自然终结了生命,而维系生命的根,却因汲取了大地母亲的养分,延续了另外的生命。有的像亭亭玉立的少女,待在闺中期待有情人的到来;有的像站岗执勤的士兵，紧握钢枪注视橄榄和平；有的像打鱼的船夫，站在海边送别涛声浪影……谁也不会想到，战士用粗糙的手，丰富而细腻的情感，与根雕艺术连接到一起。

多年前，一位到老爷岭寻根觅源的根雕艺术家被困深山，战士冒雨进山搜寻。官兵穿林海、跨溪流，在山坳里找到艺术家。身体已经虚脱的艺术家不让官兵背他下山，却把树根搭在战士的肩上。途中，战士小张不慎滑倒摔断树根。艺术家和善的脸当即露出不悦："怎么这么不小心，你们宁可不管我，也不要糟蹋这些艺术珍品。当然，你们也不懂艺术。"对此，官兵们有些愤愤不平，军人虽然性格粗犷，没有深厚的文化底蕴，但绝对不至于缺少对艺术的尊重。回到执勤点，几名战士向干部骨干一汇报，大家当即表示：我们不懂艺术怎么了？可以学啊！于是，大家一商量，决定进军根雕艺术。虽然缺少基础和机遇，但是不挖掘怎么知道这些战士有没有艺术细胞和天赋呢？这个想法一经说出，战士积极响应，都想在根雕艺术上鼓捣出点名堂。

周末，官兵浩浩荡荡挺进深山老林。半天下来，扛回大大小小二十几个树根。然而，剥去粗糙的外衣，能欣赏可利用的寥寥无几。为什么我们发现不了美？战士们经过分析，认为失败的原因是官兵缺少艺术审美观。于是干部从城里请来根雕老师，手把手教官兵美术基础知识，掌握雕刻技能。

一天，战士小王偶尔在山间的小河旁发现一个造型独特的桦树根。简直就是活生生的守桥卫士！小王从不同角度判断挖掘，很快迸发出艺术的智慧火花。经过简单修饰，第一件作品很快问世。官兵把小王的根雕作品定名为"忠诚"，寓意为甘愿扎根深山为国奉献。

第一件作品的问世，极大地调动了官兵的积极性。不到半年时间，官兵就雕刻出"追求""向往""奉献"等10余件作品。这些作品线条简洁，却惟妙惟肖：有的颇具雷霆万钧的磅礴气势，有的展现了百折不挠的锐意进取精神……每一件根雕作品，都给人以美的享受和深刻的启迪，观后令人鼓舞振奋。

吉林市一位根雕艺术大师得知后，慕名到执勤点拜访。欣赏了几件作品后，挑剔的目光中露出惊喜："真没想到在深山老林里，执勤的武警官兵艺术造诣这么深，作品既有艺术家的风范，更不失军人的阳刚之美，简直可以登上根雕艺术的顶峰。"战士小潘复员回到老家，得知县里一家工艺品厂招工，带着自己创作出的根雕作品前去应聘，老板被小潘深厚的艺术功底折服，当场聘他为厂长助理。多年来，执勤点有6名战士复员后走上艺术工作岗位。

流淌万载千年，有铜帮铁底之美称的松花

江，以其滔滔不绝之势，把树根涤荡出豪迈的关东风情、洗练出气象万千的艺术精魂，形成了松花江特有的浪木根雕素材；同时，也以细流亦有滔天志守望拍岸风采，让岸边的山石具有了特殊的灵性，或五彩斑斓，或姿态万千。它们走进农村，成为垫脚石；走进城市，成为点缀家居的装饰品；走进军营，形成了独特的文化风景。

一次，指导员侯长伟到执勤点检查教育，发现战士的衣兜和挎包里装着五颜六色的河卵石。侯指导员问他们为什么这么喜爱石头，多数战士回答出于好奇，并不知道藏石是一门学问。面对官兵脸上的困惑，侯指导员计上心来，决定从石头入手，把官兵的理想追求凝聚到部队建设上来。他从女娲炼石补天的神话讲起，详细介绍了中国石文化的历史渊源、发展历程。战士小祝思路顿开，说："既然顽石也能变成金，我们为何不能有所造诣。"

沉寂的军营沸腾起来，官兵以石为美，想尽一切办法搜集。功夫不负有心人。半年下来，官兵就集了近百块石头，最大的近百斤，最小的才拇指大，造型千奇百怪。战士小郭有块奇石，变换角度看时，石头上就会相继出现"从、军、石"字样，合起来就是"从军石"三个字，浑然天成、寓意深刻、意义深远，宛若天赐。

好石相伴，石来梦转。

战士们业余文化生活丰富起来，大家没事的时候聚集到一起，交换得意之作，探讨藏石经验。新战士小柳来自长春，从小到大一直生活在城市。分到老爷岭执勤点后产生了失落感，认为没有车水马龙的喧嚣，生活太寂寞。藏石活动展开后，侯指导员得知小柳学过房屋装潢设计，特意把仓库腾出来当展室，让他设计装修，并把自己所有的藏石珍品交给小柳。这个角色牢牢地吸引住了小柳，不仅是周末，一有时间他就钻进展室，按门类分专题设计。他为展览写了极有特色的说明词：做人如石，任何挑战只是序曲，真正的主题是战胜自己。石情激发诗情，诗情引领梦想，小柳不安的心为了石头、为了诗意远方而稳定下来，他投入紧张的训练学习中，年底被评为优秀士兵。

　　侯指导员趁热打铁，组织官兵利用松花江丰富的石材资源改善生活环境。官兵顶烈日冒严寒，用双手让杂乱无章的小院有了诗意。太阳西坠，官兵们惊呆了，石垒的院墙，石砌的甬道，石堆的假山……简直就是人间仙境。就在这一瞬间，官兵身上的疲倦被抛到九霄云外，陶醉在如诗如画的美景中。

哨位就是战场

老爷岭执勤点流传着这样一句顺口溜:"站哨身背'七斤半',目标守住'两条线',战风斗雪把岗站,一人辛苦万家甜……"

顺口溜所说的"七斤半",乃战士身上背的执勤用枪,军人的第二生命。接过钢枪,就意味着接过了国家和人民赋予的神圣使命。战士像爱护自己的生命一样,爱护手中武器,牢记军人职责,苦练执勤本领,在心里埋下建功深山、扎根立业的种子。

"执勤就是战斗,哨位就是战场;执勤一分钟,警惕六十秒。"若想当一名合格的隧道守护兵,在站岗执勤中必须保持高度的警惕,能够熟练掌握手中武器和情况处置的程序及基本原则,熟悉执勤方案和有关制度规定,练就一身过硬的本领,确保执勤目标绝对安全。"瞪大眼睛,严防死守,隧道里不放进一只飞鸟!"这是执勤点官兵喊得最多、叫得最响的一句口号。

一茬茬官兵之所以能在这么恶劣的环境中保持高昂的斗志,主要原因是执勤点始终把"爱隧道、护隧道、守隧道"教育,作为激发官兵争当"铁道卫士"的精神动力源泉常抓不懈,引导官兵以信念支撑理想,以奋斗铸就忠诚,默默地锤炼着抵御风寒的功夫,磨炼着与高温和噪声抗争的能力,日夜高擎惩恶扬善之剑,使和平与安宁在千里铁路线上延伸。

为激发来自五湖四海的战士守护隧道、爱护隧道的战斗热情,每年新兵下点举行隆重的授枪仪式,一直是老爷岭执勤点的优良传统。通过授枪仪式动员教育,进一步增强了新战士的思想凝聚力、心灵震撼力、真情感染力,有助于新战士迅速适应岗位战位,融入日常的执勤工作。

拥有消防工程师证的新兵小毕本可以在家享受无忧无虑的安逸生活,但他还是毅然决然地选择了参军入伍,报效国家。从接过钢枪的那一刻,自己就真正成为一名武警战士,喜悦和自豪感油然而生。他在打给同学的电话中说:"肩背钢枪责任重大,今后我将刻苦训练,用执勤目标绝对安全诠释什么是军人的责任担当。"

身穿作战迷彩服,背着冲锋枪,腰间挂着对讲机,手里提着应急手电筒,整齐地走向哨位换岗。巴掌大的哨所在一天的阳光曝晒下,闷如烤箱。刚换完岗的小毕和往常一样,保持着挺拔的军姿,双眼炯炯有神地环视着周围,豆大的汗珠顺着额头滑下,在脸颊上汇成一条条"小溪"。汗珠流到眼角时，小毕只是用力眨了一下眼睛，可湿透了的军装显得愈发绿、愈发美。

士官小左在执勤点服役五年来，从来没有好好逛过吉林市区，每个月只有半天的假，根本来不及出去，只能到附近的老爷岭村代销点转转。小左参军前是一名在校大学生，父亲也曾是一名老兵，自己从小有着军旅梦想。刚来到执勤点时，小左对军事训练和执勤有些不适应，他感到梦想与现实差得很大，还经常想家。执勤点排长在训练、执勤之余安排了许多与枪有关的活动，时间一长，小左就喜欢上了执勤点生活。

家境殷实的沈小鹏的转变，启示尤深。2000年初，在家说一不二的小沈怀揣巨款来到部队"镀金"。但身边战友们忠诚守护隧道的事迹像一面镜子，让他看到了自己的差距。小沈的思想发生深刻转变，由最初的"干两年就复员"发展成"主动申请转士官"。他在日记里这样写道："持枪守护隧道同样是光荣的，再苦再累我都会挺直脊梁，无比自豪地完成任务！"在站完退伍前的最后一班哨后，小沈又替另一名生病的战友去上哨。当他再次主动替哨兵上哨时，排长说啥也不同意，小沈流着泪央求说："今后发财致富的机会很多，可是为隧道站岗的机会这辈子只有这一次了，你就让我多站一会儿岗吧！"

在隧道口站岗放哨，自有其重要的意义。而另一层意义则是防止牲畜误入，清除行车安全的隐患。这可不是件容易的事。老爷岭隧道四面环山，自然资源丰富，植被茂密，适合放牧，到了夏季，每天清晨附近村民都会三五成群赶牛羊上山。一天傍晚，刚刚下过暴雨，山上道路泥泞湿滑，一头小牛在下山时被绊倒，从隧道洞口上方垂直掉到了铁轨上，当即摔晕过去，远处的汽笛声预示着火车即将到来。此时，三人应急小组迅速前往合力将其抱离铁轨，后经过简单包扎后交还给了村民，避免了一起铁路事故的发生。

　　一天，郭排长正在隧道入口巡逻，突然发现前方转弯处一个穿着破烂衣服的村民（后了解是一个患有精神疾病的人）正在往铁轨上搬石头，已经堆起好大的一堆。郭排长惊出一身冷汗，把他赶跑后，急忙搬石头。一块、两块、三块……只剩下最后一块大石头了，火车眼看就要开过来了，找人帮助已来不及了，郭排长抱住大石头使出浑身力气，一翻身滚到铁道外，满载石油的火车从郭排长身边呼啸而过。

　　像这样类似影响隧道安全的事情，在老爷岭隧道偶有发生，官兵们每次都高度警惕，及时排除，确保了来往列车的安全。

松花江上英雄泪

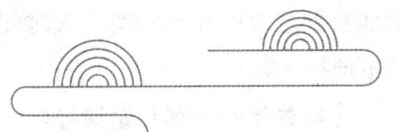

初春的松花江，料峭春寒，阴霾的天空飘着清雪，松花江面上吹来的刺骨寒风吹打在人脸上，有股钻心的凉。

这个季节来到松花江边，显然不是旅游的最好选择。几名老战友初春时节再次回到松花江边，是想问问多情的松花江是否还记得两名英雄的身影和壮举，江面的风是否还激荡着英雄大气。

站在江边，我眼前总是出现当年令人惊心动魄的场景。尽管当时我们都没有在现场，但当时现场见证英雄壮举的战友们的一次次讲述，都铭刻在我们的心中，一点点渗透进灵魂深处，成为我们这些武警战友同样痛心但闪光的记忆。

2001年3月24日12时50分左右，守护在吉林市龙潭山铁路大桥的武警吉林省总队某部三中队战士臧宝川，在一号哨岗上突然听到"扑通"一声，随即他看到急流的江水中有一人时而浮起，时而沉下地挣扎着。

凭着数年的从军和站岗经验，臧宝川立即判定，是有人从13米高的铁路桥上落入水中。他马上操起电话向中队报告，排长杨剑接到电话后立即拉响警铃。

刚刚午休的战士们听到警铃声，纷纷从床上跳下来，有的战士顾不上穿衣服，有的战士赤着脚板向江边奔去。

来中队部准备给女朋友寄信的老爷岭执勤点班长张明硕和中队部炊事班战士王麒松跑在最前面。他们边跑边脱掉身上的衣服，赶到江边后奋不顾身地跳进冰冷的江水中。

随后排长杨剑也率领佟新德、路海军、张英武等五名战士先后跳进江水中。这时一大队教导员崔宝率领三中队干部，也赶到现场指挥营救落水者。

初春的松花江水冰冷彻骨。

当张明硕和王麒松游到落水者身旁时，离岸边已有50多米远，二人抓住落水者的双肩向岸边游去。这时，随后游到的排长和几名战友前来接应。由于江水湍急，张明硕、王麒松二人已筋疲力尽，见前来营救的战友赶到，他们用尽最后一丝力气，将落水者托给了战友。

将落水群众救上岸后，大队教导员崔宝紧急清点人数，发现队伍里缺少张明硕、王麒松和佟新德。这时，朱玉良看见江中有人在水面露了一下头，又沉了下去……朱玉良马上跳入水中将人救起——这是佟新德。而张明硕和王麒松却不见了踪影。见此情景，战士们纷纷要下水寻找战友，鉴于江中险恶的环境，担心会造成重大的伤亡，战士们的请求被领导劝阻。

吉林市公安局紧急抽调300多名警力，布置在十几千米的江岸边寻找失踪的两位武警战士。当日14时许，在公安部门的调度下，一艘汽艇从上游驶过来，开始打捞工作。这时，一位居民划着自家的小木船也加入打捞的行列。

冒着大雪闻讯赶来的1000多名市民自发地组织起来，鬓发斑白的老者在岸上帮助维持秩序，身强力壮的年轻人加入搜寻英雄的队伍。一位素不相识的大嫂，欲走下江堤参加打捞工作，被一位维持秩序的民警拦住。这位大嫂哭道："求求你让我下去吧，他们也是我的亲人啊！"风越刮越大，天越来越冷，在岸边寻找两位英雄的武警官兵，满脸流着泪水，呼唤失踪战友的名字。

16时03分，打捞人员在吉林市东关热电厂泵房附近将班长张明硕遗体打捞上岸。16时40分，战士王麒松遗体也在泵房附近被打捞上岸。

牺牲时刚刚22岁的张明硕，1979年11月出生在山东省即墨市移风店镇大坝村。1996年12月，张明硕成为武警吉林省总队某部的一名战士。

入伍后，张明硕在部队的大熔炉里，以满腔的热忱忠实地履行着一名军人的神圣职责。一次，他在中队副指导员的带领下与另外几名战士在岸边菜地里劳动，突然发现一名地方青年落水，这时只见副指导员纵身跳入水中，凭着过硬的游泳技术将落水者救上岸。事后张明硕问副指导员，如果你真的遇到不幸会不会感到后悔？副指导员坦然地说，军人就是人民群众的保护神，当人民生命财产受到威胁时，军人唯一的选择就是不惜牺牲自己全力去救助。副指导员的一番话在张明硕心中打下了深深的烙印。回到中队后，在给父母的信上他这样说："爸爸、妈妈，儿子决定在部队干一辈子，无论部队安排我干什么工作，我都会尽心尽力去干好，因为当兵不仅光荣，还肩负着保护人民的神圣使命。"

张明硕这样说，也是这样做的。1999年4月军校落榜后，他主动要求到离吉林市100余公里的老爷岭执勤点执勤。女朋友得知后在电话中劝他说，再有几个月你就复员了，没必要再去艰苦的环境吃苦受累，况且就算是部队把你留下了，一个月四五百元能解决啥问题，还是现实点好，早点复员，跟我外出打工挣钱吧。

面对女朋友的极力劝阻，张明硕陷入沉思之中。他在日记中这样写道："对父母不尽孝不是好儿子，对国家不尽忠不是好士兵，我要在最艰苦的条件中用优异的成绩回报部队对我的培养。"到新单位后，由于执勤点环境受限，没有固定的学习场所，每天晚上他下岗后都悄悄地披上大衣钻到厨房借着烛光开始读书，一读就是一两个小时。半个月后，张明硕的手冻得像馒头似的，脚也经常被冻得失去知觉，但他却学完了从原单位带来的几本书，写下了20余万字的学习体会。

张明硕担任班长期间，每当新兵下连前，他总要组织老兵开展"送温暖"活动。新兵刚下车，热腾腾的面条便端到了他们面前，他还准备了信纸让新兵写信给父母报平安。每当新兵想家哭鼻子的时候，张明硕都像兄长一样来到新兵面前唠家常，给他们讲老兵的故事，伸出温暖的双手来抚平一颗颗不平静的心。

一天，张明硕晚上下岗回来见战士贺国庆翻来覆去睡不着，不时地一人独自叹气。于是张明硕主动陪他一同站岗，询问近期情况。原来，由于家庭条件困难，父亲的哮喘病又犯了，无钱无药使他整日愁眉不展。第二天，张明硕借外出购物之机，悄悄给贺国庆家寄去100元钱。贺国庆的父亲收到钱后，给他回信："儿子，你寄给家里的钱我已收到，我的病情已得到缓解，不要再给家里寄钱了。"贺国庆接到信后很是吃惊，后来战友告诉他，是班长把自己的津贴寄到了他的老家。

张明硕在给即将分手的女朋友的信中写道："我热爱部队，喜欢部队生活，要我脱下军装真的不能……像我当初选择留在部队一样，从开始便注定了我今生无悔的选择。"

张明硕转上士官后，相处了两年的女朋友给他下了"最后通牒"，如果不复员就分手。张明硕接到女朋友的分手信，经过几天思考后，张明硕以一名军人特有的坦诚与豁达给女友写了一封回信。在他的遗体被打捞上岸时，战友们在他的衣兜里发现了被江水浸湿的这封信："在焦急渴望中，终于收到你的来信。展开信后，我的血凝固了，我日夜盼望的却是一个分手的结局。

"你向我提出分手，现在看来，都是我的'固执'造成的。当初你曾经多次劝我脱下军装，和你一起到深圳闯天下，但是，我却让你失望了。你有你的理想和追求，我也热爱我的事业。我热爱部队，喜欢部队的生活，要我脱下军装真的不能。我不能给你更好的解释，只希望我们能给予对方理解。

"你走得那么突然，我也不想伤害你的心。但是我觉得，两人之间需要理解是多么重要，理解啊理解，真的那么难吗？

"好了，既然你已决定要走，我也不想伤害你的心，希望你在他乡能顺心，闯出一番天地，早日找到自己生命的另一半，多多珍重，珍重……"

张明硕的父母从山东老家赶到了张明硕战斗过的执勤点。坐在张明硕生前住过的床上，母亲用手轻轻地抚摸着儿子叠得整齐的被子，就像抚摸着熟睡的孩子，拿起儿子昔日用过的日记本轻轻地翻看着，然后慢慢地把它贴在脸上，泪水落在日记本上，一滴、一滴、一滴……

英雄走了，走在春天的料峭寒风中，但他们留下舍己救人的悲壮事迹继续在关东大地上传颂着；英雄走了，走在母亲深深的思念里，但他们伟岸的身躯永远映刻在白山松水之间；英雄走了，走在雄阔的松花江中，但他们以自己的实际行动实现了最高的人生价值，他们的精神与山河同辉。

英雄走了已经十年，松花江水托举着英雄的名字，以静水深流的从容，把英雄的精神送向远方，交给未来的岁月，交给苍茫的关东和厚重的历史……

"哨所夜校"是星光

谁都渴望青春五彩缤纷，激情澎湃。
谁都渴望梦想似水如歌，悠扬悦耳。
谁都渴望成功如影相随，惊喜连连。
然而，命运就是爱捉弄人，往往是期望有多高，摔得就有多疼。瑞雪纷飞的冬季，无论抬头看，还是低头瞅，不管是往左瞧，还是向右望，皆是一片白茫茫。
老爷岭执勤点是指路的灯，照亮前行的路；是远航的帆，助力破浪前行；是奋进的鼓，赋予强劲动力。一旦置身她温暖的怀抱，困惑、迷茫、焦虑瞬间销声匿迹，从而拥有一方晴朗的天空。
战士林志新怀揣考军校的梦想来到部队。中队为他学习提供了便利条件，并指派一名大学生排长为他辅导功课，小林也信心满满的，经常学习到深夜。然而，天有不测风云，就在考试的前一天，他患上急性阑尾炎，被连夜送到医院做手术。虽然术后身体并无大碍，却耽误了考试，错失了上军校当军官的机会。

出院后，小林的情绪低落到极点，干什么都没有兴趣，有时甚至因为鸡毛蒜皮的琐事同战友吵架，整个人仿佛坠入了深不见底的冰窟。中队干部见他整日眉头紧锁，主动找他谈心，疏通被堵塞的思想渠道。小林头不抬眼不睁地说："梦想破灭，人生怎能不迷茫，再有几个月就复员了，我也就这样了，莫不如让我去老爷岭执勤点吧，清净一段时间就土豆搬家滚球子！"

陡然间，小林成为官兵眼中的"重点人"。为帮他重新燃起梦想之火，中队经过研究，把他调整到老爷岭执勤点。下点当天，小林因说话带刺，伤了战友小董的自尊心，小董脾气暴躁，两人在院子里"比画"起来，若不是排长发现及时，果断制止，两人非得打起来不可。小林本以为排长会大发雷霆，狠狠地撸自己一顿，没想到排长不但没有生气，反而笑呵呵地对他说："不要跟战友计较，他也处在气头上，回屋喝口水消消气。"

排长的处理问题方式，大大超出小林的意

料。在没有来执勤点之前，战友告诉他，排长可是"狠"人，千万别惹他生气，否则问题很严重。难道这是排长打出的"太极拳"？小林的心提到嗓子眼，不停地猜测下一步排长会使出啥"绝招"，把他管得服服帖帖。

还真让小林猜对了，接下来的几记"重拳"，"削"得他血脉畅通，热情重燃，走出阴霾，豁然开朗。

排长打的第一记拳是"心灵排尘"。下点的当天晚上，排长主动和小林站哨。那天是八月十五，一轮明月挂在天空，令人心生思乡之情。

排长跟他搭话说："小林，我们告别家乡远离亲人，跑到深山老林里给铁路隧道站岗，究竟值不值？"

小林想了一会儿，说："如果实现梦想那就值，实现不了梦想那就亏。"

排长说："相比那些为国捐躯的英雄，我们是亏了还是赚了？"

"这……"小林语塞，半天回答不上来。

排长说："咱们是来为国站岗的，从事的是光荣的事业，不应该有私心，更不能为个人得失而迷茫困惑，唯有圆满地完成党和人民交给的急难险重任务，才对得起身上穿的橄榄绿。"

"难道是我错了！"小林有所顿悟，眼中绽放出光芒。

排长打的第二记拳是"情感共鸣"。为校正小林思想认识上存在的偏差，回归军旅"主航道"，排长在战士中开展了"三尺哨位话使命"活动，发动战士登台说变化、晒幸福、谈职责。

与小林发生过口角的小董说："军人生来为使命，只有把个人的小目标与国家的大目标融合到一起，价值才能像金子一样璀璨闪光。对我而言，不仅要解决好动力不足的问题，还要清除头脑中不切合实际的念头，把自己当成种子根植于奉献的土壤，在一点一滴、一招一式的磨炼中，打下为国家、为人民服务之基。"

随后，排长将自己编写的一条励志感悟送给小林，"梦想虽好要有度，遭遇坎坷不迷途，军营生活最精彩，博采众长进步快"。小林深受启发，也给自己写了一条感悟："人生之路坎又长，起步之初曾彷徨，如今方向重修正，迈开大步奔理想。"

排长打的第三记拳是"作用发挥"。排长重视发挥小林文化基础好的优势，让他当执勤点文化小教员。排长的信任，让迷茫中的小林一下找到了"存在感"。他利用业余时间开办了"哨所夜校"，除了对考军校的战士进行一对一辅导，还开设了音乐、审美、文学等知识讲座，受到战友的称赞。

年底，父母写信给小林，说给他联系好了

工作，只要复员回家就上班。出乎父母意料的是，小林竟然改变主意，向中队递交了留队申请，并被批准留队转士官。他在信中对父母说，我虽然错失考军校当军官的机会，却在老爷岭找到价值所在，如果需要，我愿干一辈子。

冰峰雪岭写忠诚

隧道里，一列列火车飞驰而过；哨所内，一个个哨兵用坚挺的身躯守护着钢铁大动脉，坚守深山，用赤诚大爱在这雄关要道上筑起一座厚重稳固的安全屏障。

有记者到老爷岭执勤点采访，战士孟令安对记者说："如果不是从军，国家需要，给多少钱我都不来老爷岭执勤点吃苦遭罪，过着远离亲情、友情、爱情的孤寂生活。但是，既然穿上军装，肩上扛起钢枪，即便再苦再累，哪怕是流血牺牲也值得。这是祖国赋予我们的责任。"

言及此处，小孟眼眶发潮，想起了远方的母亲。

小孟的父亲过世得早，他和母亲相依为命。一年春季，他扛着农具下田帮母亲干农活。这时，远处的广播喇叭里传来优美的歌声:"骏马奔驰在辽阔的草原,钢枪紧握,战刀亮闪闪,祖国的山山水水连着我的心,决不容豺狼来侵犯……"小孟心头一热,产生了参军报国的念头。

回家后,他犹豫再三,终于鼓足勇气向母亲说出了自己的想法。母亲一脸欣慰地对他说:"孩子,当兵是件很光荣的事情,妈支持你!"

转眼到了秋季征兵的季节。小孟踊跃报名,经过严格的体检、政审,他成为一名光荣的武警战士。身披红花告别家乡的那一刻,母亲拉着他的手说:"儿子,到部队好好干,不要惦记妈,我会照顾好自己的,只要你在部队立功受奖,妈就开心。"

望着鬓角斑白的母亲,小孟心如刀绞,眼泪止不住地流了出来。他哽咽地对母亲说:"妈,儿不在您身边的时候,一定记着要按时吃药,身体不舒服可别不当回事,一定要去医院,我当三年兵就复员回来照顾您。"母子相拥而泣,深深地感染了来送别的乡亲。

到部队后,小孟经过三个月新训,被分到老爷岭执勤点。起初,他由于不适应艰苦环境,产生后悔当兵的念头。母亲得知后,写信给他鼓劲儿说:"部队不是养大爷的地方,军人就应该学会吃苦,天天想着吃香的喝辣的,就失去了当兵的意义。妈不求你别的,只求你多吃些苦,把体格锻炼得棒棒的,在国家需要的时候能够冲上去，我的脸上就有光……"

小孟深受触动，写信对母亲说："妈妈，孩儿错了，不应该怕苦怕累，从今以后甘当革命老黄牛，早日把立功喜报邮回家乡。"

在此后的时间，母亲通过书信与儿子互动，叮嘱激励小孟奋发努力、不断进取，立足风雪哨位，争当合格的武警战士。

随着时间的推移，小孟发现，母亲回信不及时了，有时一两个月收不到一封信，过去都是密密麻麻几大篇信纸，渐渐地变成寥寥数语，有时字迹模糊无法辨认。小孟写信问怎么回事。母亲回信说："妈妈在镇子上找了一份工作，从早忙到晚，没有时间写信。"小孟没往多了想，叮嘱母亲多注意身体，并把节省下来的津贴邮到家里。

服役第三年，小孟有了假期，为了给母亲一个惊喜，他出发前没有写信告诉她。当小孟风尘仆仆地推开家门，见到的却是这样的一幕，骨瘦如柴的母亲躺在炕上，瞪着眼睛瞅着小孟不停地问："你是谁啊？是不是送饭的小胖啊？"

"妈，是我啊，您当兵的儿子啊，休假回来看您来了！"小孟扑到母亲的怀里泣不成声。

"儿子回来了，咋还哭了，高兴才是，妈给你包饺子去！"母亲起身欲去厨房，突然被脚下的水盆绊倒。

"妈，你的眼睛咋啦？"小孟扶起母亲苦

苦追问。

母亲抚摸着小孟的头,说:"没什么,妈的老毛病又犯了,滴点眼药水就好了!"

"我不信,快告诉我?"小孟的情绪几近失控。

"孩子,还是我告诉你吧!"闻讯赶来的邻居将小孟母亲这些年遭遇的不幸全盘托出。原来,小孟当兵离家不久,患有眼疾的母亲因思儿心切,整日流泪,视力突然下降,接近失明状态。她怕影响儿子工作一直瞒着,说在镇上找了份工作,信都是找人代写的。乡亲们看不过去,想写信告诉小孟,让他请假回来照顾,母亲说什么也不同意,实在没办法,乡亲们只能每家每户轮流照顾她。

"妈,儿子不孝,让您老受罪了,这次回来我就不走了,留下来照顾您。"小孟扑到母亲怀里,泪珠滚滚滑落。

母亲坚毅地说:"儿子,妈的病是小事,你为国家守铁道是大事,可不能因小失大,休完假抓紧回去!"

半个月后,小孟休假结束,母亲尽管万般不舍,还是把他撵上归队的列车。回到执勤点后,小孟仍像往常一样心无旁骛地站岗放哨。战友得知后,被他母亲深深的国防情怀所感动,纷纷捐资帮助她治眼病。

父亲生病,儿子没有在病房陪护;孩子上

学，父亲没有在校门接送；妻子分娩，丈夫没有在家中照顾……由于身在军营，老爷岭执勤点的官兵长期和父母、妻子分居。虽然家人很少抱怨，但他们心里像明镜一样，自己"没有尽到儿子对父母的孝心，也没有做到丈夫对妻子的爱心"，每个人都有一笔无法偿还的感情债。

斗风雪、战极寒，叫响"**奉献高寒山区，建功铁路隧道**"的口号，与常人难以想象的艰苦条件作斗争，老爷岭执勤点官兵用赤诚和大爱在冰峰雪岭筑起一道热血屏障。

梦中常回老爷岭

老爷岭执勤点撤点很多年了，营院早已听不到嘹亮的口号声。不过，总有退伍多年的老战士在闲暇时，"组团"到这里走一走上哨的石板路，看一看亲手栽下的小白杨，听一听回荡山间的百鸟鸣。一切如昨，只是荒草萋萋淹没了挥汗如雨的身影，还有那为了梦想独守寂寞的青春。时光列车未曾带走的是根植于冰峰雪岭的奉献情怀、军人情怀、家国情怀，宛若坚毅如铁的信念，浸透灵魂，嵌入骨髓，融入生命，任凭岁月更迭，初心如磐，矢志如斯。

新兵下队抢着去，来不了闹情绪；老兵复员不想走，留不下心忧愁……在新兵的眼中，老爷岭执勤点充满"魔力"，军旅生涯若没有为铁路隧道站岗的经历，履历就显得很单薄，缺乏厚重感，留下无法弥补的缺憾，所以大家争着抢着去。在老兵的心中，老爷岭执勤点如家温暖，军旅生涯有了这段乐在深山奉献的经历，无异于收获一笔丰厚的精神财富，复员后无论是求职还是创业，受益一生，所以舍不得离开。

在三中队，战士如果没有在最艰苦的老爷岭执勤点历练过，就会感觉比别人矮一截。无论是刚下队的列兵，还是从其他单位调来的老兵，到了三中队第一件事就是想尽一切办法分到老爷岭执勤点，愿望实现，皆大欢喜；愿望落空，满脸愁云。让谁去不让谁去，成为摆在中队干部面前的一道难题，稍有"不公"，就会落下"偏心眼"的埋怨。

一年春天，新战士唐英名分到三中队。干部考虑到他身体发胖，没吃过苦，担心到了执勤点想家哭鼻子，就把他留在了中队部。没想到"好心"伤了小唐的"自尊"，他吵着闹着让中队干部给个说法。

"张晓林，老爷岭执勤点！"

"李玉强，七道河执勤点！"

"孙海飞，铁路桥执勤点！"

"唐英名，中队部应急班！"

……

"凭什么把我留在队部？"中队长刚宣布完分配命令，小唐便怒气冲冲地追到队部同中队长争执起来。

"革命工作，只是分工不同而已，没有任何高低贵贱之分。"中队长耐心地解释。

"这不是分工不同，而是看不起身体发胖的战士，一碗水没有端平！"小唐据理力争。

"你小子胆儿挺肥啊，敢跟我掰扯！"中队长一脸严肃，但心里却掠过一丝窃喜，为小唐的勇敢和执着暗暗点赞。

"队长，不让我下老爷岭执勤点很没面子，在中队没法待了！"小唐眼眶发红，满脸委屈，一副泫然欲泣的样子。

"下点可以，但必须满足我一个条件。"中队长欲擒故纵，大吊小唐的胃口。

"只要让我下执勤点，什么条件都答应！"小唐拍拍胸脯说。

"给你三个月时间，把身上的赘肉减掉十斤，立马让你下点！"队长一脸严肃地说。

"队长，你说话要算数，如果三个月不减分量，我永不提下点的事儿！"小唐语气坚定地说。

"谁英雄谁好汉，那就三个月后秤上量量看！"队长伸出手与小唐击掌为誓。

身高1米73，体重90公斤，这个"量级"想要减到合格标准谈何容易。小唐制订了"疯狂"的减肥计划，从此每天早上坚持跑步五千米，晚上进行不低于一小时的快速行进；学习工作之余，还坚持做俯卧撑、仰卧起坐、拉单杠、跳绳。为了减肥，他狠心戒掉了许多最爱吃的美食……

功夫不负有心人。经过三个多月的不懈努力，小唐成功减肥10公斤，顺利通过中队长的考验，圆了下点梦。他感慨地对中队长说："下点后，我一定苦练本领，争取早日登上执勤能手的领奖台。"

不光是三中队，其他中队的战士也争着抢着去老爷岭执勤点。并不是说别的中队不好，只是老爷岭执勤点充满挑战，是艰苦奋斗的代名词，去了能经风雨、壮筋骨、长才干，从这里走出来的战士个顶个是钢铁硬汉，尤其是那些家境富裕、没吃过苦、拈轻怕重的兵，在老爷岭执勤点历练个三年两载，走出深山后，不凡的气质令人刮目相看。

离开执勤点多年、事业有成的小梁说，当初之所以恨不得插上翅膀飞到执勤点去，就是想在艰苦的环境中磨炼意志体魄，自强自立，克服依赖性，学会适者生存。家里人批评我放着舒舒服服的机关不待，跑到深山老林里找罪遭，纯是"脑袋进水犯了浑"。可我却不这样认为，当一回兵不吃点苦，历练一下筋骨，给自己留下一段美好的回忆，就失去了意义。回乡创业遇到很多困难，之所以能够一路闯关夺隘、披荆斩棘，是"老爷岭精神"为我注入无穷动力，最终达到胜利的彼岸。老爷岭执勤点不复存在了，但那里的山，那里的路，那里的水，还有那些年轻的士兵，却早已变成一种精神，根植于我的心中。

"老山参"扎根老爷岭

昨天的辉煌
早已尘封于记忆
唯一的思念
尽被老岭隧道独占
花蕊的露珠
碧空的云朵
也难以表达
我对三尺哨位的眷恋
尽管风雪巡护
将青春定格成胶片
可我仍然相信

隧道的另一端

是灵魂的家园

这首由老爷岭执勤点退伍战士创作的诗歌《哨所之恋》，真实而又浪漫地表达了"铁道卫士"的心情、心境、心声。无论离开几年、十几年，提到"老爷岭"三个字，都会触动战士的情感泪腺。

但凡在老爷岭执勤点待过的战士，哪怕只是十天半个月，也会在心里滋生出"其实不想走，其实我想留"的难舍之情。若是待个十年八年的，再坚强的男儿也会泪如涌泉，不忍说再见。

那么，老爷岭执勤点好在哪儿，令战士抢着来，老兵不愿走？曾经在执勤点工作八年，被战友称为是一棵挖不走的"老山参"的马班长回忆说，之所以在执勤点守了这么多年，除了工作需要离不开，更多的因素是对哨所的恋恋不舍，这里既有亲如兄弟的好战友，还有舒心怡情的好环境，更有共同进步的好氛围，路经此地的群众都忍不住发出啧啧的赞叹，何况是有血有肉、有情有爱的年轻战士。

谈起当年"赖"在执勤点不走的经历，马班长哽咽地说，在老爷岭隧道待久了，每个战士都会产生难以割舍的情，就像歌中唱的"忘记你谈何容易，我想你在每个夜里"，我怕离开哨所后在夜里悄然洒下泪滴，于是本来不想在部队转士官的我，干满一期转二期然后晋三期，若不是执勤点撤勤移交，我还准备晋四期。

说起马班长，他可是三中队的"队宝级"人物，当兵十三载，在老爷岭执勤点干了九年，中队长、指导员送走四任，上至大队领导下至普通士兵，没有一个人不尊重他的。大家不仅佩服他身上的过硬技能，更佩服他不恋高薪恋军营的高尚情怀，掌声当然送英雄。

马班长之所以"豪横"，皆因绝活在身。在当兵之前，马班长就是企业的管理高手，百十号人让他管得服服帖帖。他这一走，老板很不舍，对他说："当兵我不阻拦，为国服役很光荣，管理岗我给你留着，复员回来继续上班。"马班长点点头，说："绝不违约，三年后见！"

来到老爷岭执勤点，他认真执勤，刻苦训练，很快走上班长岗位。他在关心爱护班里战士的同时，为弥补执勤点技术骨干缺乏这一不足，利用业余时间学文化、学维修、学饲养、学种植，忙得脚打后脑勺。寒来暑往三年过去了，一期士官结束时，他掌握了七项技能，战友风趣地逗他说："执勤点要是让养马，你还得会一手给马挂掌的技艺，服了！"

就在马班长干得热火朝天时，一个棘手的难题令他辗转难眠，一期士官服役期满，在进退走留面前犯了难。中队干部多次找他谈话，希望他晋升二期士官，继续留队做贡献。企业老板给他打来电话，让他复员回去上班，并承诺如果脱下军装，享受副总待遇，月薪一万，还保障车辆。月薪一万对马班长来说，简直就是天文数字，当时的津贴每月只有一千元，还要给父母看病买药，几乎捉襟见肘。若每月开万元薪水，不仅可以缓解家里负担，还有盈余，一退双得。马班长有些动心，写了份退役申请，准备交到队部。

在去往队部的火车上，回首往事，难舍之情涌上马班长的心头。他想起了黄老班长，每次遇到困难时，黄老班长都帮助他渡过难关，黄老班长就是他的偶像。他想起了侯指导员，每次下执勤点查勤时，侯指导员都捎带很多书，鼓励他克服困难多学本领。他想起了战友，每次生病身体不舒服时，大家都主动为他替岗，寒夜起床给他加盖棉衣……想着想着，泪眼婆娑的马班长从兜里掏出退役申请，撕个粉碎丢进垃圾桶。

到了吉林市，马班长没有去中队部，而是找了个公共电话亭，给老板挂了个长途电话。

"之前说得好好的，咋又变卦了？"老板不解地问。

"我也想走，但舍不得离开领导、战友！"马班长说。

"铁打的营盘流水的兵，趁年轻早点复员，回地方多挣点钱，于己于家都有益处，不要一条道走到黑。"老板劝他说。

"在部队虽然物质贫穷，但精神富有。我喜欢这身橄榄绿，也做好为其奉献一生的思想准备，哪怕是一无所有，也要心无旁骛地坚守哨位，为国家守护好钢铁大动脉。"马班长动情地说。

"你小子还是那么倔,给你三天时间考虑考虑,决定回来就给我电话,我亲自到车站接你,不回来就不要打电话了。"老板下了最后通牒。

三天后,老板的手机收到马班长发来的一条短信:挣钱的机会很多,当兵一生只有一次,我的选择是倍加珍惜……

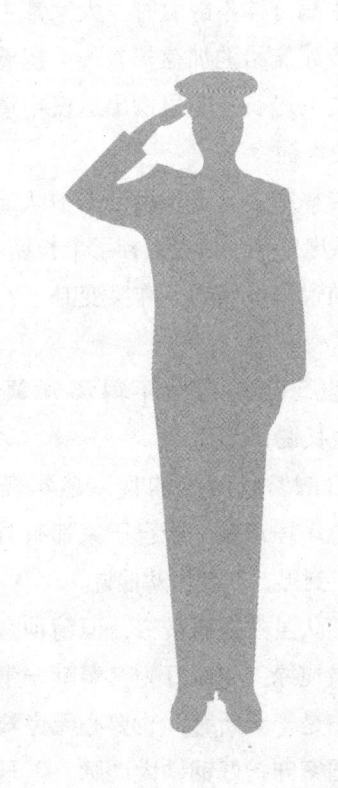

战友就是亲兄弟

"上警校、当警官，带兵打仗是我当兵的梦想，现在梦想破灭了，今后的路不知道该怎么走，很迷茫。"

"不经一番寒彻骨，怎得梅花扑鼻香。世界上固然有一帆风顺的'幸运儿'，但更多的是历经多次失败的奋斗者，振作起来，勇敢地往前走，你也会与众不同，满身华彩。"

"一次次落榜，一次次心伤，对不起自己，更无颜见爹娘。"

"爱迪生有一句名言：'失败也是我需要的，它和成功一样对我有价值。'失败是一种强刺激，它并不总是坏事，也无须过于苦恼。战友们不会看笑话的，会给你擂鼓助威助你赶队的。"

这是排长与战士小齐的一段对话。三言两语如春风拂去落在小齐心头的尘埃，令其豁然开朗，人民军队"不让一名士兵掉队"的光荣传统在老爷岭执勤点落地生根。

齐乐乐是名农村籍士兵，家里很困难，当兵的目的就是想考军校，改变面朝黄土背朝天的命运。考试落榜后，齐乐乐脾气变得暴躁起来，一不顺心就对战友发脾气，偶尔还摔东西，班长骨干怎么引导教育，也无法帮助他从失落的低谷中走出。为此，小齐成了"重点"人。

到执勤点与战士过"五同"生活的指导员得知后，主动和他交朋友，一方面，启发他考学不是成才的唯一出路，讲清三百六十行行行出状元，只要好好干，无论做什么工作都会有出息的道理；另一方面，针对他文化功底较好的实际，支持他学习种植养殖技术。

经过指导员的点拨，小齐转变了认识，在干好本职工作的同时，参加了农村种养殖函授学习。指导员也积极当好小齐的辅导员、监督员、资料员，每次去执勤点都要给他带"精神补品"。小齐复员后，凭着在部队学到的一技之长，被家乡一家农牧企业聘用。他在信中对指导员说："指导员，是你给我铺就了一条成才之路，我永远铭记在心中。"

随着独生子女战士增多，很多人第一次远离家门，第一次独立生活，第一次独立执勤，不可避免地出现诸多不适，一旦理想和现实出现落差，势必造成情绪波动，若引导教育不及时，就会背上沉重的包袱继而掉队。如何褪掉他们身上的娇骄二气，使之在军旅主航道破浪远行？老爷岭执勤点的做法是：齐帮战友来赶队。

为激励独生子女战士在训练中夺魁争先，执勤点设置了队列、内务、纪律三个标兵称号；开展"一帮一、对对红"活动；黑板报开辟"新兵龙虎榜"专栏，大力营造"夺冠光荣、标兵荣光"的浓厚氛围。曾经遇到困难就缩手缩脚的"小鲜肉"，成了嗷嗷叫的小老虎，有的多次登上中队、支队的训练龙虎榜。

战士小姚自小父母离异，由爷爷奶奶抚养大，性格孤僻不爱说话，防备心比较重。

新兵下队分到执勤点的第一天，班长在开班务会时，发现坐在前排的小姚脖颈起了一大片红点，他不时地用手挠，表情很痛苦。这个"不起眼"的小动作引起班长的注意。开完班务会，班长走到小姚面前说："我以前也得过湿疹，奇痒无比，抹点达克宁软膏就好了。"

当天晚上洗漱后，小姚正在铺床，班长走过来，拿出一盒达克宁软膏递到他手上。小姚抱着被子的手瞬间僵在半空中，一下子愣在那里。班长说："拿去用吧，执勤点潮湿，很管用。"听了这话，小姚鼻子一酸，眼泪就止不住了。没想到他很小的一个举动，班长却记在了心上。

　　事情虽然不大，对小姚触动却很深。这个单亲家庭成长的孩子，在执勤点感受到了久违的亲情温暖。

　　"战友，战友，亲如兄弟。"在经历了那次考核晕厥后，战士小程对这句话有了更深的认识。那是一个阴云密布的下午，执勤点组织五千米长跑，训练刚结束，小程突然感到阵阵眩晕、浑身皮肤痛痒、四肢绵软乏力，就在要倒地的瞬间，孙班长一个箭步冲到他身旁，一把扶他倒在自己的背上，边拍打边安慰说："小程，不会有事的，你坚持住啊！"

　　体重140多斤的小程，软得像块面团，他趴在孙班长被汗水湿透的背上，眼睛看东西已经模糊了。通往执勤点的道路并不太长，小程却觉得时间很漫长。他感觉到气喘吁吁的孙班长跑几步，接着就慢下来又走几步，然后用力将他往背上再托一托……就这么几个动作，不知道班长重复了多少次，才把他背回执勤点。见小程渐渐清醒过来，孙班长怕他着凉，特意拿来大衣和热水，直到小程脱离危险才离开。

　　躺在床上，看着孙班长的背影，小程想起了电视剧《士兵突击》里的史今班长和许三多的故事。小程在日记上写道："世界上最遥远的距离，是人心与人心的距离，但最近的距离，也是人心与人心的距离。虽然我们很年轻，但谁对我们真心好，我们都能感受到。"

战士小薛性格内向，遇到挫折容易自暴自弃。一次站岗，正逢小薛生日。那天晚饭后，排长把他叫到面前，专门送上一句"生日快乐"和一份生日礼物——一本名叫《假如给我三天光明》的书。

翻到扉页，一句话映入小薛的眼帘：最快的脚步不是跨越，而是继续；最慢的步伐不是缓慢，而是徘徊；最好的道路不是大道，而是坦荡；最大的幸福不是得到，而是拥有；最好的财富不是金钱，而是健康；最棒的祝福不是将来，而是现在。

小薛被排长的赠言所感动。排长趁热打铁和他结成帮带对子，又与小薛家人建立书信联系，双管齐下帮助他走出"低谷"。后来，小薛成为执勤点的骨干。

"兵头将尾"是哨长

老爷岭执勤点的战士把排长称作"哨长"。

"哨长"虽然官不大,但肩上的担子重,尤其是远离中队部的单独执勤点,"哨长"要身兼数职,既会抓执勤训练,又善抓生活保障;既会开展教育,又会谈心交心;背起钢枪是指挥员,拿起教鞭是教员,扮演着"当爹又当妈"的角色,实属辛苦不易。

"哨长"多数是军校刚毕业的学员,也有老一点的排长,有时也由素质好的士官代理。干部工作时间视情而定,最少的一年,最长的五年,一般情况下干满三年,成绩突出的,或调整到中队部任副职,或破格提拔到其他中队任主官。在"麻雀虽小,五脏俱全"的执勤点当"哨长",享受的不是"天老大，地老二，我老三"的待遇，相比于在集中驻防的中队当排长要累得多，更操心。因此，到单独执勤点当排长也被称作"淬火"，过了这一关，"一线带兵人"才能赢得士兵的信服和爱戴，树立威信。

然而，"哨长"虽是执勤点最高长官，但毕竟只是"兵头将尾"，尤其是刚下点的见习排长，上有中队干部，下有战士，处于"手插磨眼"的尴尬中，开展工作要难得多，甚至受"夹板子气"。因此，少说多做，不说多做，与战士打成一片，显得尤为重要。老爷岭执勤点从接哨到撤哨，今年你来，明年他走，排长换了一茬又一茬，留下了很多"真知兵、深爱兵"的故事。

正身直行做表率。一年春天，李排长右脚后跟磨出一个鸡眼。最初没当回事，后来越来越疼，站不能站，蹲不能蹲，影响了训练工作。实在受不了，便利用周末到市里的医院做手术切除。临走时，医生反复叮嘱，刀口需要静养三到五天才能愈合，千万不能做剧烈运动，一旦感染就不好弄了。

不巧的是，手术第二天，支队进行训练抽考，老爷岭执勤点被选中，要求不漏一人全员参加。当时，执勤点有个战士刚出医院，身体虚弱，他俩只能一人病休，若同时请假，保证不了参考率。排长主动找到指导员请战。起初，指导员不同意，在李排长反复解释和争取下，做出让他参加考核的决定。不过他们有言在先，身体一旦出现不适立即报告，中队宁可考场丢分，也不让干部受伤。

屋漏偏逢连夜雨，船迟又遇打头风。考核那天下起了雨，虽然时下时停，但地面很快积满了水，李排长和战士在泥水中摸爬滚打，衣服和鞋很快被浸湿，刀口哗哗啦啦地疼，他咬牙坚持到最后一个科目——四百米障碍。轮到李排长上场，右腿出现痉挛，时麻时痛，奔跑起跳困难。指导员问他："能不能坚持，不行就放弃，不影响中队整体成绩。"李排长笑着说："小菜一碟！"

刚开始，疼痛感并没影响速度，等跨越了三步桩、壕沟两个障碍物，右腿像灌了铅似的特别沉，怎么用力也提不起速，大脑在疼痛的刺激下出现眩晕。李排长意识到，这是体力透支发出的信号，但他没有停下来，不停地喘粗气转移疼痛，可是每前进一米都十分艰难。五十米、四十米、三十米……李排长忍着疼痛冲到终点，顿感眼前一黑，若不是战士眼疾手快扶他一把，就会栽进水坑里。休整片刻，大脑恢复清醒，李排长看到伤口溢出的鲜血将绿胶鞋染成了红胶鞋。事后，指导员在讲评会上说："什么是榜样，李排长带伤为中队争荣誉就是榜样，大家要向他看齐！"操场响起如潮的掌声。

排长虽然位低权轻，却是连队支部委员，在研究战士切身利益敏感问题时有推荐权和一票否决权，原则"砝码"一旦失衡，就会让不正之风钻了空子。1997年春节刚过，一个休假回来的辽阳籍战士把张排长叫到僻静处，从怀里掏出两袋鱼干，神神秘秘地说："排长，这是我的家乡特产——黄金鲤鱼干，特好吃，送给你尝尝。"

鱼干收还是不收？收就会拿人手短，不收不近人情，左右为难。经过深思熟虑，张排长决定用以礼还礼的方式守住底线。这个战士的母亲身体不好常年吃药，蛟河产的人参营养滋补，张排长掏出五十元钱让战士上街买两盒，处理干净真空包装邮到他家里。这个战士得知后，私下说："以后探亲休假不要给排长带礼物了，他也不宽裕，咱们好好干多支持他工作，排长会向连里说咱们好话的。"

"小鲜肉"变成"钢铁汉"

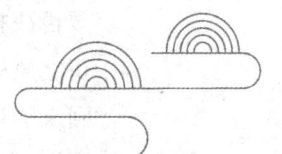

"十八岁,十八岁,我参军到部队,红红的领花印着我,开花的年岁,虽然没戴上呀大学校徽,我为我的选择高呼万岁……"老爷岭执勤点的战士特别喜欢歌曲《当兵的历史》。在他们看来,小小的哨所就是厚重人生底蕴的大学堂,虽然没有拿到学士、硕士、博士学位,但经过千锤百炼,都能拿到一个硬邦邦的"战士学位",这是复员求职创业最好的"敲门砖"。

若想拿到"战士学位"并非易事,甚至要流血流汗、掉皮掉肉,需要付出比常人更多的努力。不过,苦过、痛过、伤过之后,青春由稚嫩走向成熟,梦想由单一升级多元,履历由空白变成厚重,这为人生的银行储存了一笔无形的资产。

战士小任家庭富裕,从小到大没吃过苦,更不知道什么是寂寞,在家里呼风唤雨,要啥父母就给买啥。当兵来到老爷岭执勤点,面对空旷、压抑、孤寂的大山,感觉自己像一只被关进笼子里的小鸟,失去了自由,整日愁眉不展,不是干这个没心情,就是做那个没动力,想家的时候还哭鼻子。

如何让弱不禁风的"小鲜肉"变成坚强勇敢的"钢铁汉"？执勤点的排长、班长想了不少办法,但始终收效甚微,有时适得其反,让小任情绪变得很糟。就在排长骨干困惑迷茫之际,老兵的"激将法"令小任热血沸腾,意志弥坚,重塑自我。

一天早上,排长检查宿舍卫生,见小任的内务不好,被子软趴趴地堆在床上,二话没说便丢到地上,随后让班长吹哨,当着战士的面对小任展开毫不客气、体无完肤"暴雨式"的批评。

"人家当兵是来磨炼意志的,你来当兵是来哭爹喊娘的,我就纳闷了,同样是男人,差距咋就这么大！

"人家在部队又是立功又是受奖的,你在部队不是挨骂就是挨罚,我就不理解了,同样是吃馒头大米饭,追求咋就不一样呢！

"人家遇到困难想办法化解,你遇到困难不是埋怨自己,就是指责别人,我就困惑了,同样是穿军装,境界咋就差之千里呢！"

排长毫不客气地将小任身上的"短处"揭露出来，其他战士都不好意思，小任更是羞愧难当，恨不得钻进地缝里。

"排长，你别批了，给我留点自尊行不行？"

"好，不让我批评可以，从今天起做出个样来！"

"排长，你还别不信，咱们骑驴看唱本——走着瞧。"

"跟我叫号你还嫩，我陪你玩到底！"

小任血脉偾张，体内的消极"毒素"瞬间转化为昂扬的斗志，从没有过的自信在心头油然而生，感觉人生到了巅峰。

此后，一向见事就躲的小任开始积极找事做。营房通往哨位的土路一下雨就泥泞不堪，影响通行。小任向排长主动请战，利用业余时间铺甬路。得到排长批准后，他热火朝天地干起来。缺石头，他从山里一块一块地往回背，肩膀后背被磨掉皮，嗞嗞啦啦地疼。经过一个月的奋战，小任修出一条近二百米长的甬路。竣工的那天，排长向他竖起大拇指，称赞说："事实证明，你不仅是一个有梦想的士兵，更是一个意志顽强的勇敢士兵，恭喜你通过考试，拿到'战士学位'！"

老爷岭执勤点就像一个大熔炉，总能把一个普普通通甚至有些调皮捣蛋的地方青年打磨成有觉悟、顾大局、讲奉献，懂得感恩、报恩的铁血男儿。

战士小杨入伍前是个叛逆的孩子。不是今天下河私自野浴，就是明天和同学聚众打架，父母苦口婆心地劝他，小杨不但不领情，而且还产生了"不满"情绪，变本加厉地"作妖"捅娄子，给父母惹麻烦。父亲气坏了，狠狠地打了他一顿。从那时起，他对父亲怀恨在心，吃饭不在一张桌，路上见面也不说话，形同陌路，直到参军入伍，也没有打消怨气，还赌气地对父亲说："这下，您终于可以眼不见心不烦了！"

到了部队，小杨很少给父亲写信。直到指导员到执勤点开展政治教育，对战士们说："一个人要学会知恩、感恩、报恩，一个不会知恩、感恩、报恩的人是不健全的人、不成熟的人。"小杨这才开始明白，父爱是世上最伟大的爱，为了儿女不计回报加班加点地付出劳作，孩子才有了温暖幸福的家庭，才有了健康快乐的成长。

想着父亲的好，小杨潸然泪下，请假到街里，用节省下来的津贴给父亲买了件羊毛衫邮到家中。他在写给父亲的信中说："爸爸，原谅孩儿当初不懂事，净惹您生气。在部队的培养下，在领导的教育下，我渐渐地长大了，性格也变了，比以前懂事多了，也能吃苦了，尤其是思想觉悟，明显比以前强百倍。所以，亲爱的老爸，就算是为了我，您也要好好爱护自己，不要再像以前那么拼命了，不要再给自己那么大压力了，儿子我已经长大成人了，以后养家的担子就交给我吧！"

父亲手捧儿子寄来的礼物和书信感动得潸然泪下，喃喃地说："儿啊，当兵这条路你走对了，不仅改变了自己，在思想道德大考中还取得了好成绩。"

妙招治好暴脾气

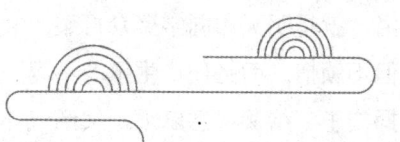

凡是到过老爷岭执勤点的人，都会不约而同地说："这里的战士真听话，不仅性格好，没有沾火就着的'炮筒子'，而且做事认真，不斤斤计较，以哨为家的主人翁责任感特别强。"他们哪里知道，很多战士在入伍前都是沾火就着的暴脾气，话不投机三两句就会吵得脸红脖子粗，来到老爷岭执勤点后，是寂寞磨平了他们身上的"棱角"，让他们懂得了收敛脾气，以柔取胜。

战士小汪在入伍前，性格脾气贼拉倔，经常因意见不合与同学、朋友发生争吵，甚至发生肢体摩擦，落得个"炮仗捻"的绰号。当兵来到部队后，在新兵班长的教育下有所收敛，但始终控制不住自己的情绪，莫名发火的臭毛病经常复发，搞得战友关系很紧张。分到老爷岭执勤点后,最初像模像样地装几天,没过一周,便原形毕露,伤及战友。

一天早上,小汪和几个新战士打扫室外卫生。一名新战士不小心踩了他的脚,还没给他道歉,小汪就上了倔劲儿,拽住战友的脖领子不放,而且出言不逊。

"你瞎啊,走路不看着点?"

"就瞎了,爱咋咋地!"

"呦呵,你还有理了,敢不敢找地方练练?"

"我怕过谁,奉陪到底!"

两人你一言我一语,怒火在争吵中升级,竟当着战友的面撸胳膊挽袖子比画起来。

班长闻讯跑过来,将他俩拉开,说:"别跟我说你对他错,回屋将事情经过给我写下来,越细越好,字数不得少于两千字,轻描淡写我有的是招法收拾你们。"初中刚毕业且多半逃课的小汪顿时蔫了,抓耳挠腮憋了半天也没写出几个字。最后,不得不向班长承认错误,发誓以后一定改掉坏脾气,如果犯了,咋处理都行。

"他要是把坏脾气改了,我倒着走路。"熟悉小汪的新战士在背后打赌说。

班长得知后,在班务会上说:"绝招妙不妙,轻易不要打包票,只要半年就见效。"

之后，班长将执勤点的小菜园交给小汪打理，说："遇事不要发脾气，稳住情绪为第一，只要把菜种好，好的心态就来了！"

这以后，小汪把班长的叮嘱牢记于心，工作之余精力全部用在养猪种菜上。刚开始，他感觉很新鲜，劲头十足，持续了数日后，小汪常常瞅着云朵、大树发呆，感觉自己被无时不在、无处不在的寂寞包围了，生活单调得有时想要发疯。

无数次，小汪想要请假到市里走一走，逛一逛，不为别的，就是出去透透气，山里实在太静了，总感觉有块石头压在胸口喘不过气来。唯一能让他解闷的是，闲暇时看看鱼儿在水里游来游去，听听鸟儿在空中唱来唱去，心火、怒火、急火在那一刻逃无遁形，销声匿迹，整个人如同卸下沉重的包袱，顿时神清气爽，心情舒畅。

半年后，小汪和从前判若两人，说话客客气气，处事文文雅雅，懂得与战友和谐相处。战友为检验他的脾气是真改还是假改，故意找碴与他吵架，小汪既没跳也没闹，一句"对不起"转身离开。战友瞬间惊呆了，完全没有想到，寂寞竟然是治疗急躁的灵丹妙药，暗自庆幸来老爷岭执勤点是明智之举。

寂寞不仅能改变人的性格秉性，让浮躁的心沉淀下来，还能涵养人生，提升境界，让战士成为一个有故事的士兵。

战士小牟本想以当兵为跳板，干三年回家弄个工作，没想到在老爷岭执勤工作三年，不但拿到自考大专文凭，并在山水画上有所造诣，被战友亲切地誉为"兵画家"。

当初，小牟极不愿来老爷岭执勤点。在他看来，进了深山就等于与世隔绝，什么梦想、追求通通是扯淡。为了打发枯燥、单调的执勤生活，小牟学会了逃避，不是今天"压床板",就是明天"泡病号",再不后天"整事情",把执勤点搅得鸡犬不宁。班长也不客气,每次小牟"发作",先是狠狠地批一顿,然后促膝跟他谈人生、谈梦想、谈作为,从早上能聊到晚上,搞得小牟患上"谈心症",见到班长就头皮发麻,不得不收敛人为的添乱行为,在寂寞中选出一个人生的突破口。

一天晚上,班长在与小牟谈心时,从兜里掏出一把口琴,吹起口琴曲《草原夜色美》。"土老帽"竟然懂音乐?班长的拿手绝活令小牟大为吃惊。班长告诉他,吹口琴这门技艺是寂寞逼出来的,与其浑浑噩噩度日子,莫不如向苦涩和孤独要快乐要收获,即便没有拿到学士、硕士学位,也不要懊悔,通过努力去考取一个硬邦邦的"战士学位",从稚嫩的青年,历练成为战士,有了这笔宝贵的精神财富陪伴,终身受益。

小牟深受触动,也像班长那样利用业余时间练画画,将寂寞的哨所生活过得充实快乐,有滋有味。三年后,小牟满载而归,他抱住班长泪流满面地说:"城市虽然繁华,但人心浮躁,深山虽然寂寞,却怡情悦性,三年军旅时光尽管枯燥,但满满的收获感如山泉水一样甜!"

风雷雨雾交响曲

　　老爷岭的天气变幻无常，山外柳絮纷飞，山里冷风刺骨，足足晚半个节气，好不容易熬过青黄不接的春脖子，又进入雨季模式，风多、雷多、雨多、雾多，给战士的工作生活带来诸多不便。

　　先说风。老爷岭的风从春吹到冬，一年四季不相同。春天的风虽暖却似刀硬，吹在脸上火辣辣地痛，一个季节下来，战士手和脸不同程度地出现干涩、脱皮、裂口子，什么护肤霜、补水霜，一概没用，唯有掉几层皮，皮肤才能恢复原貌，风一吹不再发红起疹子。因此，战士们盼望春风，又害怕春风，将其称为容颜"杀手"。夏天的风虽不灼人，但干燥闷热，持续的烈日，持续的高温，连风也是干热的，偶尔一阵风掠过，挟裹着热浪扑面卷来，闷得令人喘不过气。站一班岗下来，战士汗流浃背，衣服如同刚从水里捞出来的一样湿漉漉的。秋风虽夹带着瑟瑟秋雨，不时地送来阵阵寒意，这个时候穿秋裤冷，穿毛裤热，最遭罪也最难熬。冬天的风冷如冰，万物萧条败落，一派荒凉，寒风过处，卷起漫天雪粒，刮在脸上，如刀划般地痛。

每到新兵下点，排长、班长第一件事不是嘘寒问暖，而是传授抗风防冻本领，要求他们不"玩漂儿"，穿衣跟着季节走，重视个人保暖。同时，给每个人发一盒蛤蜊油，皮肤面部一旦出现不适，及时涂抹进行防护。

新兵小杨小的时候，因保暖措施不当，落下冻伤的病根，一到冬天冷风一吹，手脚就开始红肿发痒，继而起泡流脓，特别难受。当兵来到老爷岭执勤点后，虽然训练戴棉手套穿大头鞋，但天冷风硬导致旧病复发。班长上街给他开了些冻疮药膏涂上，只能暂时缓解疼痛，过了药劲冻疮仍发痒刺痛。

为医好小杨的冻疮，刘排长发动骨干四处寻找偏方。班长得知茄秆水泡脚效果好，顶着冒烟大雪到老乡的菜地里挖茄秆，手被冻得冰凉红肿；严老兵给家中开中医诊所的亲友写信，让他配了几服药邮到执勤点；郝老兵坚持每天为他用酒精擦脚……半个月后，小杨手和脚上的冻疮被医好，训练士气又恢复了初入军营的满血状态。

再说雨。入夏后，老爷岭翠山拥围，绿水环抱，接连的降雨，令这里水汽弥漫，宛若仙境。对游客而言，是绝佳的观光胜地，令人流连忘返。对于执勤的战士们而言，这不是佳境是逆境，他们感受到的不是大自然馈赠的惬意，尤其是打雷下雨的日子，心情贼拉地不爽。

老爷岭的天就像娃娃的脸，说变就变，打雷便下雨。刚才太阳还火辣辣地炙烤着大地，突然一阵大风刮来，地上的沙石混杂着树叶，被愤怒的狂风席卷着飞向空中，让人睁不开眼睛。紧接着，天空乌云密布，顿时黑了下来。"咔嚓、咔嚓"一阵一阵刺人灼目的闪电，顿时如利剑一般划破天空，"轰隆隆、轰隆隆"一阵比一阵急促，震人心魄的雷声不停地在耳边炸响，紧接着"吧嗒、吧嗒"一滴滴如黄豆大小的雨点从空中落了下来，慢慢地变成一簇簇、一片片、一团团，毫不吝啬地倾盆而下。

最后说雾气。老爷岭毗邻著名的国家级风景名胜区松花湖，常年云雾缭绕，空气湿度大，即便是在炎热的夏季，也会在被子、衣服及生活用具上凝结成水蒸气，让它们摸起来潮乎乎的。尤其是到了冬季，屋外大雪纷飞，屋内哈气成霜，即便是全副武装，依然能感觉到钻心地冷。战士长期生活在潮湿的环境中，多数都有湿疹、内分泌失调、头痛失眠等毛病，每到阴雨天，膝盖就会有一种酸痛感。

环境再苦，动摇不了官兵建功深山的热情、决心。一年冬天，三中队副中队长的妻子临产在即。他答应妻子，等孩子出生时请假回去照看母子俩。然而等孩子出生，他就接到了到执勤点代职的任务，这一走就是20天。

秋天气候多变，加之家里取暖设施不足，

妻儿和赶来照顾的岳母遭了不少罪。无奈之下，岳母领着女儿抱着刚出生的外孙回了老家。孩子满月后，妻子又面临不上班就下岗的困境，只好将孩子托付给母亲照顾，自己回单位上班去了。

老人想不通，从老家赶到执勤点当面质问副中队长为什么对老婆孩子怎么这么狠心。官兵耐心调解，让老人参观执勤点并向他讲副中队长爱队如家的故事，才使老人的情绪平静下来。为此，官兵们写了一副并不工整的对联，上联是"舍小家保隧道孩子出生三十天未谋面"，下联是"顾大局做奉献深山巡护一个月岳母埋怨"，横批是"军人真难"。

"红色哨所"是摇篮

每个战士都有自己的梦想和追求。有的想考军校,有的想学技术,有的想锻炼体魄。人民军队既是青年立志成才的学校,又是锤炼意志、增强体质的熔炉。参军既是个人成长进步的重要阶梯,也是人生中的重要经历和宝贵财富。

对于驻城部队而言,通过军地共育的方式,完全可以满足战士求知成才的愿望。而对于远离城市,驻扎深山,要场地没场地,要师资没师资,一天除了站岗就是训练的单独执勤点而言,无异于强人所难。老爷岭执勤点却不一样。这里的环境虽然很苦,勤务虽然很重,训练虽然很累,但立足现有条件,为战士成人成才铺路搭桥的氛围却很浓,很多战士经过淬火成钢,成为国家、部队和社会急需的人才。

潘金来说:"如果有人说老爷岭执勤点不好,我会跟他发脾气。这里看似波澜不惊,却是汹涌澎湃的汪洋大海,置身其中,再平凡的人生也会书写出与众不同。这里虽不见长风浩荡,却也蕴藏着石破天惊,投入其怀抱,再普通的人也会绽放出简约而不简单的光彩。这里虽不见名师名家执教,却也骨干技术能手云集,再无追求的人也会被点燃激情梦想之火。"

因此,老爷岭执勤点成为战士争抢的"宝地",也被誉为大队、中队的班长骨干培养输送基地。

朝鲜族战士小朴刚入伍时想在军营中一展抱负,谁知"兵之初"就遇到语言不通这一"拦路虎",汉字更是不会写,跟战友之间最基本的沟通都成问题。

一次,执勤点举办"我眼中的老爷岭"诗歌朗诵会,小朴自告奋勇"打头炮"。由于汉字认得不多,他在朗诵诗歌时把"天上的星星眨呀眨"念成"天上的星星贬呀贬",乐得台下的战友直捂肚子。"这哪是朗诵诗歌,简直是白字先生演小品。"听着战友话中带刺的议论,小朴的脸上像抹了辣椒水,火辣辣地难受。"我们打个赌吧,如果你把这本《新华字典》从头背下来,我保证你在部队这所大学校有所造诣。"就在小朴准备"打背包原路返回"时,郭排长的激将法让他在迷茫中有了方向感。

为了把《新华字典》背下来，训练之余，别人甩扑克，小朴一头扎进执勤点的库房里秉烛夜学，刺骨寒风穿过门窗缝隙，像刀子一样在他的脸上、手上、脚上刻下"冻疮"印记。寒来暑往两年过去了，当小朴打电话向已调离执勤点的郭排长汇报自己把《新华字典》一字不落背下来时，他已成为执勤点的骨干。"这只是迈向成功的序曲，还有很多知识需要学习，继续！"郭排长的一席话，使抱有"船到码头车到站"想法的小朴再次拧紧了发条。

学习不能"赶鸭子上架"，执勤点利用周末开办"民族风俗大讲堂"，开设"民族交流角"，增进小朴与其他战友的沟通交流，调动他的学习热情。看到大家都夸自己家乡好，小朴坐不住了，他主动找人教他学汉语。半年后，他站在台上深情地向战友们讲述家乡的新变化——楼房多了、路变宽了、村民富了……在战友的帮助下，小朴进步很快，当兵第一年就被评为优秀士兵，第二年就被送到支队教导队作为预提士官培训。

学习成长是"慢工出细活"的过程，快乐是不可或缺的"催化剂"。执勤点成立了篮球、棋牌、文学、书法等兴趣小组，让官兵们登台"秀"特长、"炫"亮点，活跃业余文化生活，让学习成长飞出快乐的"音符"。

下士小战体能素质很差，虽然训练很刻

苦，但每项考核总排在后面，感觉"参军入伍选错了路"，一度信心低落。郭排长知道他爱好摄影，就鼓励他参加中队组织的摄影培训。小战入门很快，不仅找回了训练的信心，第二年就被借调到支队政治处宣传股负责军营电视台视频制作。

战士小高喜欢绘画。但班长却认为他是"不务正业"。杨排长知道后，为小高买来绘画的书籍让他学习，让他担任执勤点的板报员。没过多久，在支队举办的黑板报比赛中，他带兴趣小组成员为中队摘取了创意设计桂冠，让战友们刮目相看。

小李因性格叛逆，被父母送到部队"脱胎换骨"。习惯了开跑车兜风、出入高档场所的小李，对父母的安排"消极对抗"，工作、训练当"闪客"，并扬言不让他回家就"玩失踪"。刘排长主动找中队干部把他调整到执勤点，组织思想骨干进行"集体诊脉"，剖析出小李产生消极思想的根源是缺乏自信心、进取心，制订出了"工作上勤帮助、训练上勤鼓劲、生活上勤交流、学习上勤督导"的帮带措施。半年后，小李在鼓励中取得了进步，在进步中找到了自信，性格发生很大变化，还积极配合思想骨干开展工作，用自己的亲身经历说服教育身边的战友，转化了三名后进战士。

老爷岭执勤点一半以上的官兵取得了大专

以上文凭，不少战士还考取了心理咨询师、电器维修等专业资格证书……一滴水，折射着太阳的光芒。一个执勤点的人才生态，同样也是一支军队微缩版的人才景观。

这个熔炉不一般

有官兵这样说，投入老爷岭执勤点的怀抱，哪怕是一捏就碎的土坷垃，也会被烧制成又炫又美的青花瓷。反过来讲，从老爷岭执勤点走出来的战士，没有"个别人""重点人"，个个思想红彤彤，走到哪都传递正能量，影响一大片。

"逆子"变孝子。"没想到我这个不听话的儿子在老爷岭执勤点待两年，竟然在干部骨干的教育培养下，变成知恩、感恩、报恩的孝子，让他当兵绝对是最佳的选择。"20世纪90年代末的一天，战士小叶的父亲千里迢迢赶到三中队，拉着中队干部的手，一个劲儿地称赞老爷岭执勤点的干部骨干是专治疑难杂症的"神医"。

说起小叶，不光是他父亲，他最初到部队时，连中队干部见了都头疼。小叶家境优越，备受父母宠爱，高中时赶上叛逆期，染上了网瘾，疯狂地玩游戏。父亲刚把他送到学校，他转身从院墙上轻松翻过逃出去。父亲一边追，一边骂……

在小叶的父亲看来，正是执勤点艰苦的磨砺，让儿子从一名叛逆少年转变为敢担当、懂感恩、知奉献的革命军人。

刚下点时，他七个不服八个不忿，稍不顺心就大发脾气，有几次因鸡毛蒜皮的琐事跟战友挥起拳头。在班长的教育下，他认识到自己入伍是因为对军人职业的无限崇敬和热爱，既然来到部队，就该克服自身的不足，自觉融入执勤点的大家庭中。特别是干部的教育引导、战友们的关心爱护，潜移默化地让他越来越喜欢看似单调乏味，实则丰富多彩的军旅生活。

有一次，排长给战士上课，说大家都被《士兵突击》中许三多的坚持和固执所感动，也都钦佩《亮剑》中李云龙狭路相逢敢于亮剑的血性，但是现实中的军人，更多的是坚守平凡岗位，默默牺牲奉献。当兵就是在奋斗与奉献中彰显人生价值。排长的一番话让小叶觉得来部队是格外光荣的一件事，逐渐懂得责任、担当、无悔等词句的含义所在，学习到很多以前从未深入思考过的东西。

拿军事训练来说，小叶最差的是体能，刚入伍时长跑倒数第一。班长帮他制订训练计划，每天陪着跑步训练，直到小叶的成绩排在前茅。班长的不抛弃、不放弃，让小叶感受到了战友情深，也让他觉得人与人之间应该多一些互相帮助。部队改变了他的成长轨迹，让他变得更加成熟稳重，更加懂得感恩，他还把津贴节省下来，资助了两名失学儿童重返校园。

中队干部对小叶的父亲说："小叶从不穿名牌，没有任何高消费，捐资助学的事却从不提起。从他的成长经历看，好的班长、好的干部、好的部队传统，都在助力小叶'破茧成蝶'，成为其他战士学习的表率。"

当初，小曲怀着那股热血冲动，来到交通闭塞的老爷岭执勤点，成为一名守护隧道的武警战士。

然而，当丰满的理想撞上骨感的现实后，一切都不如想象中的那般精彩。枯燥乏味的队列训练、打扫不完的环境卫生、各种各样的检查评比，甚至连"出门上厕所都要报告班长"，让小曲感到了无处不在的约束和压抑。

"老是重复昨天的故事有啥意思啊……"他还"吐槽"说："思想政治教育课讲的道理既枯燥又晦涩，在网上随便搜一下，什么知识都能了解到，谁还愿意听这些课！"

平日里，小曲不止一次地跟战友说，自己干满两年就退伍。日常工作中，他我行我素，以一种"愤青"的眼光打量着执勤点的一切。

渐渐地，小曲越来越不合群。训练时出工不出力，就连休息时也不愿意和战友们一起娱乐。

时间过得飞快，转眼过了一年。小曲的军旅生涯似乎真的按照自己规划的"退伍倒计时"走下去。此时，中队举办一个叫作"哨所故事会"的活动，深深地吸引了小曲。

"什么'故事会'，还不是之前上课那一套？"起初，小曲不以为意。那时的他还不知道，这个活动将彻底改变他的军旅生涯。

"在一次巡逻中，突然从山上滚下来一块巨石，朝我飞快地砸来。在这千钧一发之际，班长下意识地推了我一把，巨石从我身边飞快滚过，班长的腿被擦伤，顿时流血不止，钻心地疼……"讲台上，马班长声情并茂地讲述着亲身经历。

小曲听得入迷，那是他参军后第一次觉得课堂上的时间过得很快。老兵故事中的每一个细节都深深震撼着他的心灵。一段段血火友情，仿佛一下子活跃在他面前，撞击着小曲的心灵。

"偶像就在身边啊！"小曲悄悄对身边的战友说。

在此后的工作训练中，战友们发现小曲开始发生改变：起床叠被子的时候，会尽量把被子叠得方方正正；体能训练时间，不再偷懒"打酱油"；休息时，试着融入身边战友的圈子……

也许是已经习惯了在后面"打狼"的缘故，突然改变，奋发向上，不只是身边战友感到诧异，就连小曲自己也不习惯。"这是咋啦，当两年兵就走的人，咋突然有了干劲呢？"不知不觉中，当初满脑子想着"干两年就退伍"的小曲，成长为一名优秀的士官。